KB078244

박선우 장편소설

FUSION FANTASTIC STORY

기적의
환생

MIRACLE LIFE

기적의 환생 2

박선우 장편소설

초판 1쇄 찍은 날 § 2018년 6월 19일
초판 1쇄 펴낸 날 § 2018년 6월 26일

지은이 § 박선우
펴낸이 § 서경석

총괄팀장 § 최하나
편집책임 § 신보라
편집 § 김슬기

펴낸곳 § 도서출판 청어람
등록번호 § 제387-1999-000006호
등록일자 § 1999. 5. 31
어람번호 § 제1-2921호

주소 § 경기도 부천시 부일로 483번길 40 서경B/D 3F (우) 14640
전화 § 032-656-4452 팩스 § 032-656-4453
http://www.chungeoram.com
E-mail § chungeorambook@daum.net

ISBN 979-11-04-91765-3 04810
ISBN 979-11-04-91763-9 (세트)

박선우 장편소설

FUSION FANTASTIC STORY

기적의 환생

MIRACLE LIFE

2

도서출판 청어람

기적의 환생

MIRACLE LIFE

CONTENTS

제8장
포효 I

　스포츠서울의 김도환은 편집국장의 반대를 거듭 설득한 끝
에 최강철의 기사를 1면으로 터뜨렸다.

＜괴물의 탄생, 19연속 KO승의 신화＞

　자극적인 제목의 기사가 전국으로 퍼져 나갔다.
　1면 타이틀에는 두 손을 번쩍 치켜든 최강철의 전신 모습이
생생히 담겨 있었는데, 그에 대한 이력이 상세하게 소개되었고
장차 한국의 숙적인 히로키를 깨뜨릴 비밀 병기가 될 것이란

기대가 담겨 있었다.

더불어 그가 프로로 데뷔했을 때의 예측도 여과 없이 쓰여 있었다.

아마추어 복싱의 경기상 헤드기어를 썼음에도 19연속 KO승을 거둔 그의 파괴적인 주먹은 프로에 데뷔했을 때 폭발적인 위력을 발휘할 것이라는 분석이었다.

　　　　　*　　　　　*　　　　　*

최우용은 아침 일찍 출근해서 차를 정비하고 일을 나가기 위해 사무실로 들어섰다.

오늘 작업은 우기를 대비한 배수로 청소였는데 함께 나갈 정비원들과 작업 계획을 세우고 반장에게 지시를 받기 위함이었다.

이미 사무실에는 직원들로 가득 차 있었다. 정식 공무원들뿐만 아니라 일용직 작업원들까지 전부 들어와 거의 30명에 가까웠다.

그가 들어서자 웅성거리며 몰려 있던 사람들이 대화를 멈추고 박수를 치기 시작했다.

영문을 몰라 어색하게 서 있자 박 반장이 활짝 웃는 얼굴로 최강철의 얼굴이 대문짝만 하게 나온 스포츠서울을 들고 다가섰다.

"최 씨, 자네 아들 신문에 나왔어. 본 겨!"

그가 내민 신문을 받아 본 최우용의 얼굴이 놀람으로 굳어졌다.

국가 대표가 되었다는 소식을 받고 얼마나 기뻤던가.

아들의 시합에 가지 못했다는 미안함이 술 사라는 동료들의 뿌리침을 거절하지 못하게 만들어 늦은 시간까지 술을 마시고 들어갔다.

늦게 아들의 얼굴을 봤지만 그저 잘했다는 말만 전하고 곧장 잠에 곯아떨어졌는데 박 반장이 내민 신문 속에선 잘생긴 아들이 활짝 웃고 있었다.

"아니… 이게."

"강철이가 그냥 국가 대표가 된 게 아닌가 벼. 읽어보라구……. 한국 웰터급의 미래라고 적혀 있더라니까. 자네 아들, 대단하구먼."

최우용은 부랴부랴 신문에 담긴 기사 내용을 읽었다.

자신의 얼굴이 붉어질 정도로 온통 칭찬 일색이었다.

또 가슴이 답답해져 왔다. 이렇게 잘난 아들의 경기를 한 번도 보지 못했다는 게 아버지로서 너무 부끄러웠다.

"최 씨, 아들놈이 국가 대표가 됐는데 그냥 넘기지는 않겠지. 어제 막걸리 산 거 가지고 퉁 치고 그러지 마러."

"암만, 그러믄 안 되지. 난 우리 아들이 국가 대표가 되면 집이라도 팔겠네."

옆에 있던 윤 씨까지 나서자 작업원과 운전기사들이 여기 저기서 한 마디씩 했다.

그랬기에 최우용은 어색하게 웃으며 고개를 끄덕일 수밖에 없었다.

"좋아유, 까짓것 내가 한턱 쏘지, 뭐. 일요일 날 전부 우리 집에 와. 돼지 한 마리 잡을 테니까."

작정한 듯 최우용이 소리치자 직원들이 박수를 치면서 좋아했다.

누군가의 기쁨을 함께 나눌 수 있다는 건 동료들에게 너무나 행복한 일인 모양이다.

그때 저승사자 김근조가 문을 박차고 들어오며 소리를 버럭 질렀다.

"아침부터 사무실에서 왜 떠들고 그래! 내가 뭐라고 했어요. 사무실에서는 정숙하라고 몇 번이나 말해!"

"저그… 최 씨 아들이 국가 대표가 돼서 시방……."

"국가 대표가 뭐, 그게 뭐라고 이렇게 떠드는 거요? 반장이면 반장답게 직원들 단속 잘하라고 했잖아요!"

"…죄송합니다."

"시간 없으니까 바로 출발해요. 오늘 할 일이 많으니까 농땡

이 부리지 말고!"

김근조가 고개를 조아리는 박 반장을 노려보더니 자신의 책상 쪽으로 가서 들고 있던 노트를 소리 나게 던졌다.

뭔가 아침부터 심기가 불편한 모양이었다.

몰려 있던 운전기사와 작업원들이 그의 눈치를 보면서 슬금슬금 사무실에서 벗어나기 시작했다.

박 반장 역시 최우용의 팔을 붙잡고 밖으로 이끌었다.

괜히 사무실에 있어봤자 좋은 꼴을 보기 어렵다고 생각했기 때문이다.

"저, 씨블 눔. 아침부터 소장한테 깨졌나 벼. 어린 새끼가 하여간 성격이 지랄이여, 지랄. 저런 새끼가 어뜩혀서 공무원이 됐는지 몰러. 나라가 개판이니까 개새끼들이 살판났다고 멍멍 짓는구먼. 최 씨, 원래 저런 눔이니까 신경 쓰지 마러. 알았지?"

"그럼요."

어머니는 아버지의 말씀을 듣고 두말하지 않은 채 잔치 준비를 했다.

동네 아주머니들의 도움을 받아 음식을 준비했는데 아버지가 직접 도축장에 가서 돼지를 잡아 왔기 때문에 집 안 전체가 음식 냄새로 가득 찼다.

일요일이 되자 많은 손님이 몰려들었다.

아버지의 회사 직원들뿐만 아니라 동네 주민들까지 전부 몰려들어 마당 곳곳에 상을 펼쳤어도 자리가 부족할 정도였다.

누나들까지 소매를 걷어붙이고 나섰으나 어머니는 일을 하느라 고생이 심하셨다.

그럼에도 얼굴에는 하루 종일 웃음꽃이 피었다.

어머니의 얼굴에서 저렇게 밝은 웃음이 피어난 모습은 거의 보지 못했다.

최강철은 아버지가 부를 때마다 떠들썩한 술자리에 가서 공손하게 인사를 했다.

아버지는 손님들을 접대하면서 연신 너털웃음을 짓고 계셨는데 어느 정도 시간이 지나자 또다시 취하기 시작했다.

아버지는 취하시면 같은 말을 반복하는 버릇이 있었다.

"자네들, 이거 봤는가. 이게 국가 대표가 되었다는 증서여."

"어허, 이게 그거구먼. 번쩍번쩍 빛나는 거 같어."

친구분들이 호들갑을 떨어주자 아버지의 얼굴에서 자랑스러움이 올올이 흘러나왔다.

아버지는 어느 정도 술에 취하자 국가 대표 증서를 옆구리에 끼고 다니셨는데 보는 사람들마다 증서를 내밀며 보여주었다.

"우리 강철이가 말이여. 커억… 인물이여. 이눔, 생긴 것 좀 봐봐. 날 닮아서 을매나 잘생겼어. 안 그려?"

"자네보다 훨씬 낫구먼. 아무래도 제수씨 닮은 거 가터."

"뭔 소리를… 내 아들인데 날 닮았지 누굴 닮어. 이눔이 국가 대표가 된 것도 전부 내 피를 물려받아서 그런 겨. 내가 소싯적에……."

말도 안 되는 이야기였지만 최강철은 아버지의 옆에 앉아 조용히 웃기만 했다.

좋았다.

아버지는 아들이 얼마나 공부를 잘하는지, 얼마나 착한지, 얼마나 복싱을 잘하는지 친구분들께 하루 종일 자랑하셨다.

그 모습을 보면서 가슴이 벅차올랐다.

왜 진즉 이러지 못했을까. 아버지의 가슴에 대못을 박으며 살았던 그 못난 과거가 떠올라 새삼 부끄러움이 느껴졌다.

이야기를 듣다가 슬며시 일어나 정신없이 음식을 나르는 어머니 곁으로 다가갔다.

"엄마, 내가 갖다 드릴게요."

"거그 앉아서 쉬고 있어. 국가 대표는 이런 거 하는 거 아녀."

"괜찮아요. 이리 줘요."

"이눔아, 엄마 말 들어. 훌륭한 사람이 음식이나 나르고 있으믄 쓰겄냐. 이런 건 엄마하고 너그 누나들이 할 테니까 이 제 들어가서 쉬어라."

막무가내였다.

그럼에도 어머니와 누나들의 얼굴에는 웃음꽃이 한껏 피어 있었다.

자랑스러운 아들과 동생을 가졌다는 자부심이 힘들다는 생각조차 지워 버린 모양이었다.

*   *   *

"강철아, 준비됐지?"

"무슨 준비?"

"흐흐… 데이트할 준비지, 뭐냐. 자식이, 꼭 형한테 부끄러 운 소리를 하게 만든다니까."

학교에 나오자마자 이성일이 음흉한 웃음을 지으며 말을 붙여왔다.

그러고 보니 오늘이 화요일이다.

놈의 몸에서는 좋은 냄새가 났는데 뭔가를 처바른 것 같았 다.

"야, 너 엄마 화장품 바르고 나왔냐?"

"아니, 누나 거."

"잘하는 짓이다."

"이 자식아, 얼굴이 안 되면 스타일이라도 좋게 만들어야 되는 거야. 너도 줄까? 누나 모르게 슬쩍 가지고 나왔는데."

"미친놈아, 그걸 왜 가지고 나와!"

"이따, 걔들 만나기 전에 다시 한번 바르려고."

"어이구."

"크크크… 걔들이 너 나온다니까 전부 몸을 배배 꽜다고 하드라. 네가 오늘의 에이스니까 잘해야 돼."

"그건 또 뭔 소리야?"

"젤 예쁜 애로 해줄 테니까 무조건 자리 지키고 있으란 말이야. 나도 네 덕분에 용궁 좀 갔다 오자."

"내가 어쩔 수 없이 가긴 한다만 1시간만 있다가 나올 거니까 그렇게 알아."

"무슨 개소리셔? 인마, 너 죽을래!"

"시험이 코앞이야. 그리고 3달 후에 시합 있는 거 몰라?"

"그래도 그렇지, 이게 어떤 이벤튼데 그런 싸가지 없는 소릴 하냐. 안 돼, 오늘은 죽어도 안 돼."

"차라리 죽여라, 이 자식아."

수업을 받는 이성일의 태도는 여간 방자한 게 아니었다.

비실비실 웃기도 했고 뭔가를 골똘히 생각하며 생각하는 로댕이 되기도 했다.

아무래도 첫 미팅이다 보니 가슴이 뛰어 온갖 상상의 나래를 펼치고 있는 것 같았다.

옆에서 지랄을 해도 최강철은 수업에 집중했다.

이제 보름 후면 2학년 기말고사가 치러지기 때문에 수업에 집중할 필요가 있었다.

시간은 잘도 흘러갔다.

점심시간이 되자 이정태가 쫓아와서 오늘의 작전을 열심히 설명했는데 주요 골자는 무조건 최강철을 밀어준다는 것이었다.

예를 들면 이런 것이다.

짝짓기를 할 때 남자들이 소지품을 하나씩 내놓으면 제일 예쁜 애가 집는 물건은 무조건 최강철의 것이라는 작전이었다.

필요 없다고 했으나 이놈들은 막무가내였다.

이런 작전이 필요한 이유는 다음 미팅을 성사시키기 위한 것이라며 무조건 작전에 동참하라고 협박을 했다.

이윽고 모든 수업이 끝나자 이성일이 책가방에서 뭔가 주섬주섬 꺼내더니 얼굴에 잔뜩 처바르는 게 보였다.

"강철아, 손 내밀어봐."

"왜?"

"너도 발라야 해. 그러니까 손 내밀어."

"싫다, 인마."

"바르라면 발라."

움츠리는 최강철을 향해 손에 뭔가를 잔뜩 묻힌 이성일이 덥석 달려들더니 얼굴에 대고 문질렀다.

끈적끈적한 느낌. 냄새는 좋았으나 뭔가 찜찜하고 묘한 느낌이었다.

"야, 이 변태 자식아, 여자 화장품을 왜 처발라!"

"크크크… 이 자식아, 여자들이 이 냄새 좋아해. 나중에 고맙다고 뽀뽀나 하지 마러."

약속 장소는 영등포에서 제법 번화가에 있는 빵집이었다.

빵집이었으나 빵만 파는 게 아니다. 우유도 팔고 주스도 팔기 때문에 고딩들의 미팅 장소로는 최적이었다.

도망가지 못하도록 옆구리를 꼭 붙잡고 이성일이 떠밀었기 때문에 꼭 죄를 짓고 형사에게 끌려가는 범죄자 같았다.

두 놈이 들어서자 먼저 와 있던 이정태가 손을 번쩍 치켜드는 게 눈으로 들어왔다.

점점 머리가 아파오기 시작했다.

놈이 손을 번쩍 든 곳에는 시커먼 사내놈 셋과 맞은편에 다섯 명의 여학생이 가지런히 앉아 있었다.

"어서 와."

반색을 하는 이정태에게 가벼운 눈인사를 던지고 슬그머니 자리에 앉았다.

이성일은 공주를 호위하는 기사처럼 씩씩하게 자리를 차지했다. 못생긴 놈이 참으로 용감했다.

최강철이 뒤늦게 나타나자 여학생들의 눈이 초롱초롱 빛나기 시작했다.

그는 몰랐겠지만 최강철은 영등포 쪽 여학생들 사이에서 가장 유명한 남학생이었고 사귀고 싶은 워너비 스타였다.

여학생들은 언제나 꿈을 꾼다.

백마 탄 기사가 잠자고 있는 숲속의 공주에게 다가오는 것처럼 언젠가 멋있는 남학생이 자신에게 사랑을 고백하는 꿈을 말이다.

그 멋있는 남학생 중 1위가 바로 최강철이었다.

최강철은 자리에 앉은 후 맞은편에 앉아 있는 여학생들을 바라봤다.

교복을 벗고 전부 사복으로 갈아입었으나 아직까지 어린 티를 벗지 못한 얼굴들이었다.

하기야, 그건 사내놈들도 마찬가지다.

아직 고2의 새파란 청춘들이었고 두 놈은 교복까지 입었기 때문에 오히려 여학생들보다 더 어리게 보였다.

천천히 하나씩 훑어봤다.

이정태가 자신만만하게 자랑했던 것처럼 전부 예쁘게 생겼는데 특히 가운데 앉아 있는 여학생이 돋보였다.

여학생들은 최강철의 시선이 닿자 불에 덴 것처럼 급하게 시선을 돌렸다.

하지만 가운데 앉아 있는 그 여학생만은 눈이 마주치자 얼굴만 붉어졌을 뿐 시선을 피하지 않았다.

"자, 자. 우리 다 왔으니까 일단 소개부터 해요."

떠벌이 이정태가 스스로 일어나 사회를 보기 시작했다.

몇 번의 미팅 경험이 있다고 자랑하더니 고목나무처럼 앉아 있는 다른 놈들과는 다르게 전혀 주눅 들지 않은 모습이었다.

먼저 이정태가 남학생들을 주욱 소개시키다가 마지막 최강철의 순서가 되자 침을 튀겼다.

여학생들을 바라보는 그의 얼굴에는 자랑스러움이 폴폴 풍겨 나오고 있었다.

"여러분, 이제 마지막에 앉아 있는 친구를 소개하겠습니다. 이놈을 데리고 나오느라 제가 얼마나 노력했는지 여러분은 모르실 겁니다. 정문고의 히어로, 그리고 태극 마크의 사나이, 최강철 군입니다."

아주 지랄을 한다.

무슨 영화배우라도 소개하는 것처럼 이정태는 침을 튀겨가며 소개했기 때문에 최강철의 얼굴이 슬쩍 붉어졌다.

문제는 여학생들의 반응이 그에 못지않게 뜨거웠다는 것이었다.

거기서 박수는 왜 치는 걸까?

이정태의 남학생 소개가 끝나자 맨 끝에 앉아 있던 여학생이 살며시 일어나 여학생들을 하나씩 소개했다.

"저는 여기 정태하고 교회 친구예요. 이렇게 만나서 정말 반갑구요. 앞으로 좋은 시간을 보냈으면 좋겠어요. 먼저 이 친구는……"

여자들의 소개가 시작되자 남자 놈들의 입이 헤 벌어졌다.

나름대로 이정태는 학교에서 괜찮은 놈들로 뽑아 왔기 때문에 여학생들의 반응도 그리 나쁘지 않았다.

문제는 이성일이다.

이 자식은 아무리 생각해도 자신 때문에 덤으로 따라 나온 게 분명했으나 여학생들을 바라보는 눈에 자신감이 그득했다.

여기에서 수준이 떨어지는 놈은 오직 이성일뿐인데도 말이다.

전생에도 이런 미팅을 한 적이 있었다.

그때의 자신은 너무 어렸고 삶에 자신감이 부족해서 여자 앞에만 서면 입이 얼어붙어 미팅이 끝날 때까지 한마디도 하지 못했다.

오죽하면 상대 여학생이 혹시 벙어리냐고 물었겠는가.

처음 만나 어색했던 분위기는 학교 이야기와 상대방에 대한 호구조사를 하면서 점점 풀어졌는데 시간이 지나 이정태가 짝짓기 시간이 왔다는 선언을 하자 금방 다시 경직되었다.

최강철은 여유 있게 친구들이 하는 짓을 구경했다.

즐거웠다.

여학생들의 궁금증은 온통 자신에게 집중되어 한동안 많은 이야기를 했다.

과거의 그였다면 상상하지 못할 일이었으나 지금의 그에게는 너무나 쉬운 일이었고 자신과 함께하는 그들에게 즐거운 추억을 선사해 주고 싶었다.

여학생들은 그가 농담을 할 때마다 깔깔거리며 웃음을 멈추지 못했다.

분위기가 완벽하게 풀어진 건 최강철이 순간순간마다 여학생들을 무장해제시키는 농담들을 사정없이 품어냈기 때문이다.

이윽고 남자들의 소지품이 하나씩 꺼내져 이정태가 내민 빵집 봉투에 담겼다.

이 방법은 미팅 때 자주 쓰이는 방법이다.

지금은 고루하게 느껴질 테지만 그때까지만 해도 아이디어 상을 받을 만큼 싱싱했고 설레는 방법이었다.

이정태의 손에 의해 물건들이 탁자 위에 놓이자 여학생들이 긴장하는 게 느껴졌다.

그녀들은 끝에 있는 사람부터 하나씩 물건을 집어 들었는데 잡는 손이 미세하게 떨리고 있었다.

하아, 이건 또 뭘까.

자신을 유민정이라고 소개했던 아이. 예쁜 여학생들 중에서도 독보적으로 빛나던 유민정이 최강철의 동전을 집어 드는 게 보였다.

*   *   *

짝을 짓고도 한동안 같이 앉아서 이야기를 나누었다.

그때의 미팅은 파트너가 정해져도 싸가지 없이 곧바로 지들끼리 사라지는 짓은 하지 않는 게 관례였다.

얼마나 시간이 지났을까.

최강철은 시계를 확인하고 앞에 앉아 있는 유민정에게 슬며시 입을 열었다.

언제까지 이렇게 있을 수는 없었다.

"난 이제 가야 하는데 같이 나갈래?"

"지금?"

"응, 체육관에서 관장님이 기다리시거든. 시합 준비 때문에 상의할 것이 있어."

"알았어."

파트너가 정해지고 얼마 지나지 않아 말을 놨기 때문에 그녀가 편하게 대답을 해왔다.

최강철이 먼저 일어난다고 하자 이성일이 두 눈을 부릅뜨고 째려봤다.

나름대로의 그 자신감은 어디로 갔는지 이성일은 고전을 면치 못하고 있었는데 상대 여학생이 시큰둥한 반응을 보였기 때문이다.

이런 시점에서 자신을 도와 거사를 성사시켜 줘야 하는 놈이 사라진다는 건 친구에 대한 배신행위나 다름없는 것이었다.

그럼에도 최강철은 빠이빠이 손을 흔들어 준 후 유민정과 함께 빵집을 나왔다.

문화여고는 정문고와 5㎞ 정도 떨어져 있었는데 영등포에서는 명문으로 소문난 학교였다.

매년 10명 가까이 서울대에 진학시킬 정도라 부유층 자제들이 많은 곳이기도 했다.

여학생들의 말에 따르면 유민정은 문화여고에서 전교 1등을 달리는 수재라고 한다.

이렇게 예쁜데 공부까지 잘한다고?

어이없는 일이었으나 사실을 외면할 생각은 전혀 없었다.

"집까지 데려다주기 어렵겠다."

"괜찮아. 바쁘다니까 할 수 없지. 그래도 버스 정류장까지는 같이 갈 거지?"

"나도 버스 타야 해."

"호호… 그럼 거기까지 가면서 우리 이야기해."

걸었다.

그녀와 함께 천천히 걸어 버스 정류장으로 가는 동안 묘한 감정이 새록새록 생겨났다.

재생이 된 이후 엄마와 누나들을 빼고 여자를 만난 건 이번이 처음이다.

18살로 돌아간 자신의 몸은 그녀가 뿜어내는 향기에 취하며 이 시간들을 즐겁게 느끼고 있었다.

친구들과 같이 있을 때 유민정의 성격은 차분해 보였는데 단둘이 있게 되자 전혀 다른 모습이 나타났다.

"나 사실 이번 미팅, 강철이, 너 때문에 나온 거야."

"응?"

"꼭 한번 보고 싶었거든."

"날 알고 있었단 말이네. 어떻게 알았지?"

"일부러 그러는 거야, 아니면 정말 몰라서 그러는 거야?"

"정말 몰라서 그래. 말해봐, 날 어떻게 알았어?"

하품 나올 이야기가 그녀의 입을 통해 흘러나왔다.

최강철 때문에 정문고의 악명으로 유명한 블랙 서클들이 사라졌다는 이야기가 문화여고까지 전해졌다는 것이다.

거기에 얼마나 뻥이 튀겨졌는지 혼자서 50명을 때려눕혔고 전부 병원에 실려 가서 반신불수가 되었다는 말이었다.

기가 막혀 웃음이 나왔다. 하지만 진짜 웃음이 나온 것은 그녀의 다음 이야기 때문이었다.

잘 싸우는 남자는 여자들한테 인기가 없다. 문제는 최강철의 외모가 탤런트 찜 쪄 먹을 것처럼 잘생긴 것으로 뻥 튀겨져 여학생들의 심금을 울렸다는 것이었다.

완벽한 몸매, 조각 같은 얼굴. 거기다 전 과목 100점을 맞으며 전교 수석까지 차지했기 때문에 최강철은 지금 영등포 일대의 여학생들에게 백마 탄 왕자가 되어 있단다.

"실망했겠다. 전혀 다른 얼굴이 불쑥 튀어나와서."

"호호… 그렇긴 해. 막상 보니까 이야기로 들었던 것과는 많이 다르네. 그래도 실망할 정도는 아니야."

"쩝, 몇 번 타냐?"

"41번."

"그 버스 올 때까지 기다려 줄 테니까. 실망 고이고이 가슴 속에 접어두고 잘 들어가."

"그냥 가라고?"

"그럼 뽀뽀라도 해주고 갈래?"

"애 봐. 무지하게 엉큼하네. 너 뽀뽀해 봤어?"

"아직, 이제 해보려고."

"누구하고, 나하고?"

얼굴이 붉어진 상태에서 유민정이 최강철을 빤히 쳐다봤다.

똑똑한 애는 궁금증을 참지 못하는 모양이다.

여기까지 오면서 자신의 속마음을 고스란히 드러내고 있었으니 몇 번 만나서 영화라도 같이 본다면 뽀뽀가 아니라 더한 것도 할 수 있을 것 같았다.

하지만 그건 안 된다.

여자에 대한 증오심이 들끓고 있는 자신의 내면은 여기서 멈추지 않으면 그녀를 타락의 세계로 이끌지도 몰랐다.

유민정의 물음에 최강철은 피식 웃으며 고개를 절레절레 흔들었다.

그런 후 멈췄던 발걸음을 움직여 이내 버스 정류장으로 향했다.

유민정은 그가 말없이 돌아서자 급한 음성으로 말을 이어 나갔다.

"전화번호 안 물어봐?"

"그거 물어서 뭐 하게. 나 바빠. 어차피 정신없이 바빠서 너 보고 싶어도 못 본다. 전교 1등이라며? 다른 데 신경 쓰지 말고 공부나 열심히 해. 나중에 후회하지 말고."

"너도 전교 1등이잖아. 우리 같이 공부하면 안 돼?"

"민정아, 하나만 가르쳐 줄게. 남자는 다 늑대야. 으슥한 곳에서 너와 내가 같이 공부하면 무슨 일이 벌어질 것 같냐? 봐줄 때 도망가. 잡아 먹기 전에."

"하긴, 나도 이런 이야기를 하면서 고민이 되긴 했어. 우리 엄마가 그러는데 남자 친구 사귀면 공부에 방해된다고 하더라. 그럼 좋아. 나중에 대학 가서 만나. 그땐 괜찮지?"

"생각해 보고."

유민정을 보내고 체육관으로 향했다.

정말 당돌한 아이다. 아직 어린데도 자신의 생각을 가감 없이 이야기할 수 있는 용기는 아무나 가지는 게 아니다.

그럼에도 가차 없이 그녀를 거부한 것은 자신의 마음속에 자리 잡고 있는 증오 때문이었다.

자신의 아내에게 받은 배신의 상처로 인해 뼛속 깊은 곳까지 여자에 대한 증오가 자리 잡고 있었다.

사랑이란 감정이 다시 찾아올 수 없을 정도로.

새파란 청춘으로 되돌아왔으나 가슴속의 상처를 치유하기 위해서는 많은 시간이 필요했고, 자신도 모르게 불쑥 튀어나올지 모르는 증오는 어린 여자애를 상대로 풀 수 있는 게 아니었다.

체육관에 들어서자 윤 관장이 관원들을 지도하다가 빠르게 다가왔다.

관원들의 숫자는 또 늘었다.

국가 대표를 배출한 체육관의 타이틀은 복싱을 배우려는 사람들에게 상당히 매력적인 조건으로 작용되는 모양이다.

"강철아, 훈련 일정 나왔다. 볼래?"

"예."

윤 관장의 손에 들린 훈련 계획표를 받아 들고 주욱 읽어 내려갔다.

마치 머릿속에서 사진을 찍는 것처럼 윤 관장이 작성한 훈련 스케줄이 각인되듯 새겨졌다.

정말 두려울 정도로 무서운 암기력.

루시퍼가 준 두뇌는 여전히 상상 이상의 효과를 발휘하고 있었다.

이제 세계 선수권대회까지는 3달이 조금 넘게 남았을 뿐이다.

협회에서는 국가 대표들의 태릉선수촌 입소를 허락하지 않았기 때문에 선수들은 각자 훈련을 해야 했다.

어수선한 시국 1981년.

신군부의 상징이자 광주에서 수많은 시민을 죽인 피의 숙청자 전두환이 대통령으로 취임하면서 시국은 한 치 앞도 알 수 없는 안갯속을 헤매고 있었다.

뉴스를 볼 때마다 어리석은 국민들을 생각하면 가슴이 아파왔다.

땡전 뉴스.

언론을 완전 장악한 신군부는 자유를 외치는 데모 대열을 빨갱이 집단으로 호도하며 연신 방송과 기사를 내보냈다.

무지한 국민들은 눈물로 울부짖는 대학생들을 향해 손가락질을 서슴지 않았다.

과거로 돌아왔으나 거대한 역사의 흐름은 바뀌지 않고 여전히 슬프게 흐르고 있었다.

복싱 협회에서 웰터급을 거의 포기하다시피 한 건 일본의 히로키에게 막혀 한국 선수들이 죽을 쑨 것도 있지만 현 복싱의 황금 세대를 구축하고 있는 웰터급의 아성이 너무 막강했기 때문이었다.

복싱에는 나중에 올림픽 금메달과 세계 챔피언에 오르는 천재 복서 미국의 마크 브릴랜드를 비롯해서 소련의 세릭 코나브예프, 서독의 제론카, 나이지리아의 오무지리, 쿠바의 갤럭시 가르곤 등 기라성 같은 선수들이 포진하고 있었다.

물론 프로 복싱은 그보다 더 강한 자들로 우글거렸다.

환상의 라이트 훅을 가진 윌프레드 베니테스, 링의 백작 아르게요, 공포의 하드펀처 토머스 헌즈, 세계 최고의 테크니션 슈가레이 레너드, 그리고 듀란 등이 활약하는 웰터급은 현 복싱 세계에서 가장 인기 있는 체급이었고 잔악한 포식자들의 세계이기도 했다.

복싱 협회에서 국가 대표 선발전까지 19연속 KO승을 거둔 최강철의 가능성을 높이 평가하면서도 이번 세계 선수권대회에서 좋은 성적을 기대하지 않은 건 바로 그런 이유가 있기 때문이었다.

레벨이 달라도 너무 달랐다.

세계적인 선수들은 동양인보다 월등한 피지컬을 지녔다.

펀치와 스피드 면에서 현격한 차이가 있었기 때문에 매번 참패를 면치 못했으니 복싱 협회에서 다른 체급과 달리 웰터급에 커다란 관심을 두지 않는 것도 이해가 되는 일이었다.

*　　　　　*　　　　　*

정기수가 직접 저녁에 집으로 찾아온 건 국가 대표 선발전에서 우승하고 일주일이 지났을 때였다.

미팅을 끝낸 최강철이 체육관에 들러 윤 관장과 함께 간단한 훈련을 마치고 들어갔을 때 이미 그는 아버지와 함께 막걸리를 마시고 있었다.

수단이 좋은 사람이다.

아버지는 낯선 사람과 쉽게 자리를 같이하지 않았는데 그는 마치 친한 동네 사람처럼 너털웃음을 지으며 연신 잔을 권하고 있는 중이었다.

최강철은 아버지께 인사를 드리고 조용하게 술상 옆에 앉았다.

첫눈에 알아볼 수 있었다.

정기수는 예전에 체육관으로 찾아왔다가 윤 관장의 욕설을 들으면서 돌아갔던 사람이었다.

"우리 오랜만이지. 반가워."

"그렇네요."

"저번에는 윤 관장 때문에 제대로 인사조차 하지 못했구만. 내가 누군지 정식으로 소개하지. 나는 극동프로모션의 정기수라고 하네."

"알고 있습니다."

"그런가?"

정기수가 의외라는 듯 최강철의 얼굴을 유심히 쳐다봤다.

갑작스러운 방문인데도 의아함이 담겨 있지 않은 얼굴이었다. 더군다나 자신이 뭘 하는 사람인지 정확하게 알고 있는 눈치였다.

그럼에도 그는 술잔을 들어 한 모금 마신 후 노련하게 말을 이어나갔다.

"자네 정말 대단하더군. 아마추어에서 19연속 KO승은 국내에서 처음 있는 일이야. 데뷔한 지 1년 만에 태극 마크까지 달았으니 더욱 놀라운 일일세."

"고맙습니다."

"아버님이 성격이 좋으셔서 술 한잔하고 있었네."

"오신 이유를 말씀하시죠. 저희 아버지는 내일 일찍 일을 나가셔야 됩니다."

"아이쿠, 그런가. 나는 그것도 모르고 기분 좋게 마시고 있었구먼. 그럼 본론만 간단하게 얘기하지. 나는 자네를 스카우트하고 싶어서 왔어. 우리한테 오게. 자네 복싱 인생을 활짝 피게 해주겠네."

"프로 복싱 말이죠?"

"그래. 프로 복싱. 어차피 복싱을 시작했으니 챔피언이란 야망을 가지고 있을 거 아닌가. 우리 극동이 그 꿈을 이룰 수 있도록 도와주지."

"어떻게요?"

"응?"

최강철의 반문에 정기수가 눈을 퍼뜩 치켜떴다.

너무 의외의 반응이기 때문이었다.

극동프로모션은 굵직한 타이틀전을 수시로 개최했고 휘하

에 국내 최대 규모의 극동체육관을 소유하고 있어 복싱 글러브를 껴본 놈들이라면 누구나 아는 곳이었다.

극동프로모션에 스카우트된다는 건 복권에 당첨되는 것이나 마찬가지였다. 한데 이제 18살에 불과한 최강철은 전혀 다른 질문을 던져오고 있었다.

"자네가 제대로 몰라서 그러는가 본데, 우리 회사는 세계 챔피언과 동양 챔피언을 여러 명 보유하고 있어. 챔피언들의 산실이지. 체계적인 훈련과 지도를 하기 때문에 자네같이 전도가 창창한 유망주에게는 더없이 필요한 곳이야."

"우물 안 개구리이기도 하죠."

"그게… 무슨……."

"극동프로모션과 돈 킹이 운영하는 더 럼블을 비교하면 어떻습니까. 극동은 럼블의 능력에 비하면 우물 안 개구리 아닌가요?"

"이 친구야, 더 럼블은 세계 최고야. 비교할 걸 비교해야지!"

정기수의 눈살이 저절로 찌푸려졌다.

아직 새파랗게 어린놈이 돈 킹과 더 럼블을 어떻게 알고 있는 걸까?

더 럼블은 세계적인 프로모터 돈 킹이 1974년에 설립한 프로모션이다.

돈 킹은 알리와 조지 포먼, 헌즈, 레너드, 챠베스 등 일세를 풍미한 슈퍼스타들의 경기를 프로모션해서 흑인 중 최고 갑부로 선정된 사람이기도 했다.

그러니 정기수는 웃을 수밖에 없었다.

아직 철부지 어린애가 더 럼블을 떠들면서 극동과 비교하는 것은 정말 가소로운 일이었다.

뭘 몰라도 너무나 모른다.

그가 여기에 온 것은 최강철이 세계 챔피언 재목이라 생각해서 온 것이 아니었다.

지금의 프로 복싱 웰터급은 사상 최강의 강자들이 득실대는 곳이라 동양인들은 명함조차 내밀지 못하고 있었다.

심지어 동양 챔피언 타이틀을 보유하고 있으며 환국 복서들을 학살하고 있는 일본의 겐죠까지 양대 기구인 WBA와 WBC 랭킹 10위 안에 들지 못할 정도였다.

최강철이 필요한 건 환국 복서들을 죽사발로 만들고 있는 겐죠를 상대하기 위한 비밀 병기를 만들기 위함이었다.

만약 최강철이 프로에 데뷔해서 지금처럼 승승장구만 해준다면 겐죠와의 빅 매치를 성사시켜 커다란 돈을 만질 수 있기 때문이다.

그런데 이 미친놈은 전혀 다른 세계를 꿈꾸고 있는 것 같았다.

"복싱의 길은 험난한 곳이야. 우리 극동은 럼블만큼은 안 되지만 자네를 성공시킬 능력이 있어. 자네가 세계 챔피언을 꿈꾼다면 우리도 그럴 능력이 된다네. 우리도 타이틀전을 여러 번 성사시켰으니 충분해."

"나는 국내에서 경기를 하지 않을 겁니다. 세계 최고의 선수들과 라스베이거스에서 싸우고 싶으니까요. 그렇게 할 수 있겠습니까?"

"으……."

속으로 쌍욕이 터져 나왔다.

현재 전설을 써나가고 있는 최강의 복서들과 라스베이거스에서 싸운다는 조건으로 프로모션을 하라면 극동은 두 손두 발을 다 들어야 한다.

경기를 성사시키는 것도 어려울 뿐만 아니라, 극동의 능력으로는 도저히 불가능한 일이기 때문이다.

하지만 정기수는 신음 소리를 목구멍으로 삼키며 천천히 흥분을 가라앉혔다.

너구리는 담배 연기 정도에 자신의 본모습을 드러내지 않는 법이다.

이곳에 온 목적은 최강철을 스카우트하는 것이지 말싸움이나 하려고 온 것이 아니다.

"자네 아버지한테 거액의 계약금을 주겠다고 했어. 세상 물정도 모르고 함부로 그런 소리를 하는 게 아니야!"

"얼마를 제시했죠?"

"자그마치 천만 원이야. 신인 계약 조건으로 최고 대우지. 내가 자네를 정말 높게 평가해서 회장님께 겨우 허락받은 거라고. 그 돈을 제시하기 위해 얼마나 고생했는 줄 아는가? 그러니 현실적으로 생각해. 그 돈이면 자네 집안 살림에 많은 도움이 될 걸세."

천만 원.

정기수의 말대로 천만 원이라면 웬만한 집 한 채를 살 수 있는 돈이었으니 거액임이 분명했다.

이제 겨우 국가 대표가 된 애송이한테 이 정도의 베팅을 한다는 건 극동 쪽에서 얼마나 최강철을 잡고 싶어 하는지 알 수 있는 대목이었다.

아버지는 술잔만 손으로 돌리며 아무 말씀이 없으셨다.

그저 두 사람의 대화만 듣고 있을 뿐이었는데 어떤 결과가 나와도 받아들일 준비가 되어 있는 것 같았다.

그 돈이면… 손자의 병원비를 비롯해서 많은 어려움을 해결할 수 있을 텐데 말이다.

"그렇겠죠. 하지만 저는 지금 극동과 계약할 생각이 없습니다. 그러니 돌아가십시오. 제가 세계 선수권대회에서 우승하면 그때 다시 이야기하시죠."

                    *   *   *

　　최강철은 기말고사를 치른 후부터 윤 관장과 함께 강도 높
은 훈련을 시작했다.
　　아직 배운 지 얼마 안 된 스토핑과 패링, 상대방의 공격을
피하고 반격을 시도하는 스웨잉을 반복적으로 훈련했고, 공격
기술은 연타 능력을 더욱 향상시키기 위해 스트레이트와 훅,
어퍼컷과 보디 공격을 원활하게 조합하는 콤비네이션을 집중
훈련 했다.
　　국가 대표 선발전을 치르면서 수준 높은 상대들과 싸울 때
느꼈던 자신의 부족함을 보완하기 위해 전력을 다했다.
　　피지컬을 키우는 것도 게을리 하지 않았다.
　　체중은 늘었으나 아직까지 그의 피지컬은 완성 단계가 아
니었기 때문에 근육량을 더욱 늘릴 필요가 있었다.
　　뭔가에 집중하는 사람에게 시간은 화살처럼 지나간다.
　　최강철의 시간이 그랬다.
　　기말고사에서도 그는 전 과목 만점을 기록하며 전교 수석
을 차지했고 9월에 치른 2학기 중간고사도 마찬가지였다.
　　학교 쪽에서는 이제 최강철의 관리를 포기하다시피 했다.
　　스스로 모든 것을 알아서 해나가는 그를 관리하겠다고 덤
빈다는 것은 어리석은 짓이기 때문이었다.

하지만 관리는 포기했으나 관심마저 포기한 것은 아니다.

학교 측은 최강철의 일거수일투족을 주시하며 학교 홍보에 열을 올렸고, 학생들에게 그의 사례를 들며 최선을 다했을 때 최고가 될 수 있다는 것을 지속적으로 주입했다.

블랙 서클이 완벽하게 사라진 정문고의 학교 분위기는 주변 학교 중에서 가장 좋았는데, 학부모들도 점점 정문고에 대한 인식을 좋게 평가하는 중이었다.

한 사람이 미치는 영향은 이렇다.

좋은 쪽으로도, 나쁜 쪽으로도 영웅은 사회 전반에 커다란 영향력을 끼치게 된다.

복싱 협회에서는 윤 관장에 대한 지원을 전혀 해주지 않았다.

국가 대표 코치진을 제외하고는 어떤 지원도 해줄 수 없다는 게 그들의 방침이었다.

난감한 일이다.

시국 운운하면서 태릉선수촌까지 개방을 하지 않고 스스로 훈련하라던 복싱 협회는 예산상의 이유를 들어 선수들의 코치에 대해서는 무관심으로 일관했다.

그나마 다행인 것은 굳이 따라온다면 숙소는 제공해 주겠다는 것이었다.

최강철이 국가 대표가 되면서 관원 수가 부쩍 늘었으나 세계 선수권대회가 벌어지는 서독까지 가는 경비를 마련하는 일은 쉽지 않았다.

그럼에도 윤 관장은 최강철을 향해 씨익 웃었다.

무슨 일이 있어도 따라가서 네가 우승하는 장면을 반드시 보겠다며 그는 오직 훈련에만 몰두하라는 잔소리를 거듭했다.

*   *   *

최강철은 아랫목에 앉은 부모님께 큰절을 올렸다.

그런 아들을 보며 부모님은 안타까움을 숨기지 못하고 따뜻한 손으로 등을 어루만졌을 뿐이다.

"강철아, 우승하지 않아도 되니까 다치지만 말고 댕겨와. 알았지?"

"예."

어머니는 우셨다.

언제나 소중하게 안고 다녔던 막내아들이 이역만리 타국으로 시합을 떠난다는 걱정이 당신의 눈에서 눈물을 흘리게 만든 것 같았다.

"아버지, 다녀올게요."

"그려."

이번에도 아버지는 말씀이 없으셨다.

하지만 안다.

그 가슴속에 들어 있을 걱정과 안타까움이 얼마나 큰지를.

최강철은 아버지의 눈을 바라보며 환하게 웃어주었다.

걱정하지 말라고, 가서 꼭 우승하고 오겠다며 눈으로 말한 후 아버지가 내민 손을 잡았다.

가족들의 배웅을 받으며 집을 나섰다.

밖에는 이미 담임선생과 이성일을 비롯한 친구들 몇이 기다리고 있었는데 공항까지 따라올 작정인 것 같았다.

공항으로 들어갈 때 이성일은 가방에서 주섬주섬 봉투를 꺼냈다.

"갈 때 배고프면 먹어. 네가 좋아하는 호빵이다. 따뜻할 때 먹으면 더 좋을 텐데……"

놈이 꺼낸 것은 그 당시 공전의 히트를 쳤던 삼립호빵이었다.

호빵을 내미는 이성일의 눈은 아쉬움이 고스란히 담겨 있었다.

5년 동안 사귀면서 이렇게 오랜 시간을 떨어져 본 적이 없었고, 이렇게 멀리 최강철을 보낸 적도 없기에 그는 마치 친구를 잃은 것처럼 슬픈 눈을 만들었다.

"이 자식아, 불과 20일이다. 금방 갔다 올 테니까 기다리고 있어."

"꼭 금메달 따 와라. 여기서 열심히 응원할게."

"그러다 울겠다. 너 설마 먼 길 떠나는 친구 앞에서 정말 우는 건 아니지?"

"지랄 옆차기……."

이성일이 시선을 바꾸며 눈을 치켜뜨자 최강철이 빙그레 웃음을 지었다.

'그래, 너는 그게 어울려. 언제나 슬퍼하거나 괴로워하지 마.'

담임선생님의 덕담과 친구들의 응원을 들으며 최강철은 공항 안으로 들어갔다.

수업 때문인지 담임선생은 공항까지 들어오지 않고 친구들을 이끈 채 곧바로 떠났다.

이성일이 아쉬움 가득 담긴 손을 흔드는 걸 보면서 마주 손을 흔들어주었다.

기다려, 금방 갔다 올게.

김포공항에 들어서자 감회가 새로웠다.

예전 그대로의 모습. 제주도로 신혼여행을 떠날 때 그리고 가족들과 큰맘 먹고 놀러갈 때 왔던 곳이다.

윤 관장은 7번 게이트에서 그를 기다리고 있었다.

아침 9시 비행기였기 때문에 새벽부터 서둘러야 했는데 그는 잠을 제대로 못 잤는지 눈이 발갛게 충혈되어 있었다.

"강철아, 저쪽에 협회 사무장이 코치진과 함께 선수들을 데리고 있어. 인마, 조금 서두르지 그랬냐. 네가 안 오는 바람에 내가 얼마나 눈치를 봤는지 알아?"

"아직 시간은 충분히 여유가 있을 텐데요?"

"몰라. 사무장은 벌써 1시간 전에 와서 설쳤고 나머지도 30분 전에 전부 모였다. 네가 제일 늦었어."

윤 관장의 말을 들으며 자신의 시계를 들여다봤다.

아직 7시가 안 된 시간이었기에 최강철은 쓴웃음을 짓고 말았다.

협회에서 가르쳐 준 일정에는 7시까지 공항에 도착하라고 분명히 기재되어 있었는데 일행이 이렇게 빨리 온 것은 외국에 나가본 경험이 전무했기 때문일 것이다.

윤 관장과 함께 일행이 있는 곳으로 다가가자 복싱 협회 사무장인 유광호가 슬쩍 인상을 찌푸렸다.

막내인 최강철이 제일 늦게 온 것이 못마땅하다는 표정이었다.

일행은 윤 관장까지 모두 합해 10명에 불과했다.

최강철을 포함해서 선수가 5명이었고, 사무장과 국가 대표 정식 코치진까지 합해서 3명, 체육관에서 선수를 따라온 사람이 2명이었다.

윤 관장과 비슷한 처지에 있는 사람은 라이트 웰터급의 기대주 김동길이 소속된 극동체육관의 박태현 코치였는데 극동 쪽에서 모든 경비를 대줬다는 말을 들었다.

선발전을 통해 모든 체급의 국가 대표를 선발했으나 세계 선수권대회에 참석하는 건 오직 5명뿐이었다.

주최 측에서 국가당 5명의 자격 제한을 두었기 때문이다.

복싱 협회에서는 가장 유력한 선수들만 추려서 파견을 결정했다.

최강철이 그런 경쟁을 뚫고 이 자리에 설 수 있었던 것은 내년에 벌어질 아시안게임에서 일본의 히로키를 꺾는 게 소원인 사무장 유광호의 강력한 주장이 있었기 때문이다.

기자들은 코빼기도 보이지 않았다.

어제 저녁 88년 하계 올림픽이 서울에서 개최된다는 소식이 전해지면서 모든 기자의 시선이 그쪽으로 몰렸기 때문이다.

신군사정권의 작품이다.

그자들은 국민들의 시선을 다른 쪽으로 돌리기 위해 올림픽 유치에 전력을 기울였는데 마침내 성과를 얻은 것 같았다.

*   *   *

잔소리도 그런 잔소리는 처음 들었다.

사무장 유광호는 이번 대회 기간 동안 같이 지내면서 코치들과 선수들이 주의해야 할 사항들을 반복해서 이야기했는데 비행기에 탈 때까지 지속되었다.

서울에서 대회가 벌어지는 서독의 뮌헨까지는 중간 경유까지 포함해서 18시간이 걸리는 먼 거리였다.

하루 종일 비행기를 타고 가야 하기 때문에 막상 뮌헨에 도착하면 녹초가 되어 있을 게 분명했다.

불과 시합을 일주일 앞두고 출국하게 된 건 보나마나 예산 문제 때문일 것이다.

아직도 한국은 가난에서 완전히 벗어나지 못한 나라였다.

윤 관장은 처음 비행기를 타본다더니 좌석에 앉자마자 안절부절못하며 어색해했다.

"왜 그러세요?"

"응, 불편해서."

하긴 불편하기도 할 거다.

이코노미 좌석은 다리를 펴지 못할 정도로 좁았기 때문에 체구가 그리 크지 않은 윤 관장에게도 편하지 않았다.

승객이 모두 탑승하고 출발 준비가 끝나자 스튜어디스들이 복도를 돌아다니며 짐칸을 정비했고 승객이 안전벨트를 맸는지 일일이 확인했다.

불안에 떨던 윤 관장의 눈이 스튜어디스를 보더니 백 촉짜리 백열등처럼 반짝반짝 빛났다.

34살, 아직 노총각인 윤성호에게는 스튜어디스들이 천국에서 내려온 천사들로 보였을 것이다.

이때의 스튜어디스는 모든 여자에게 꿈의 직업이었다.

정규 대학을 나온 여자들 중에서 뛰어난 몸매와 외모를 지녀야 취업이 되었는데 특히 유럽 쪽에 근무하는 스튜어디스들은 그중에서 탑 클래스여야만 탑승이 가능했다.

그랬으니 윤 관장의 눈이 희멀건 동태 눈알처럼 변하는 건 당연한 일이다.

"관장님, 그러다가 눈 돌아가겠습니다."

"쟤, 정말 예쁘지 않냐. 마치 탤런트 같아. 휴우, 오금이 다 저리네."

"여기로 오는데요."

"헉, 저 여자가 여기로 왜 오는 거지?"

"내가 손 들었거든요."

최강철이 큭큭거리며 웃었다.

처음 스튜어디스를 본 윤 관장에게 가까이서 볼 수 있는 영광을 주기 위해 이야기하면서 손을 들었는데 그는 미처 보지 못한 모양이었다.

봄 햇살처럼 아름다운 미소를 가진 스튜어디스가 가까이

다가오자 윤 관장이 창문으로 잽싸게 눈을 돌리는 게 보였다.

"손님, 뭐 필요하신 게 있나요?"

"물 좀 주세요. 우리 관장님 가슴이 마구 뛰어서 진정제를 드셔야 할 것 같아요."

"어머, 그러세요. 혹시 어디 아픈 건 아닌가요?"

"아픈 건 아니고 아무래도 예쁜 스튜어디스 누나를 봐서 그런가 봐요."

"호호호… 금방 물 갖다 드릴게요."

최강철의 농담에 스튜어디스가 밝게 웃으며 뒤쪽으로 걸어갔다.

그러자 비행기 창문 밖을 바라보며 죽은 듯이 있었던 윤 관장이 소리를 버럭 지르며 도끼눈을 부릅떴다.

"야, 이 미친놈아!"

                    *   *   *

길고 긴 여행이었다.

그렇게 오랜 여행을 했는데 뮌헨에 도착했을 때는 다음 날 오후 4시였다.

시차가 8시간 차이가 나기 때문인데 아무것도 하지 않은 채 비행기에서 먹고 마시며 주구장창 잠만 자던 일행은 공항에 도착하자 전신을 주무르며 온몸을 배배 꼬았다.

그만큼 힘든 여행이었다.

유광호의 안내로 공항에서 1시간 정도 떨어진 숙소에 짐을 풀고 휴식을 취했다.

간판은 호텔이라고 적혀 있었으나 우리나라 여관 정도밖에 안 되는 삼류 호텔이었다.

현지 적응 훈련을 시작한 것은 다음 날부터였다.

대회 주최 측이 제공한 훈련 장소는 숙소에서 30분 정도 떨어진 곳에 위치하고 있었다.

도착하자 꽤 많은 나라의 선수들이 이미 훈련하고 있었다.

최강철은 가볍게 몸을 풀며 말로만 듣던 복싱 선진국 선수들의 몸놀림을 유심히 관찰했다.

확실히 다르다.

잘 먹고 자라서 그런가 동양인에 비해 같은 키인데도 리치가 길었고 체력도 뛰어나 보였다.

천재 복서라고 불리는 마크 브릴랜드를 보게 된 것은 대회 3일 전이었다.

갑작스럽게 체육관이 웅성거리기 시작했기 때문에 최강철도 섀도복싱을 멈추고 입구를 바라봤다. 거기에는 사람들의 시선을 뚫고 키가 180㎝는 훌쩍 넘어 보이는 흑인이 당당한 표정을 지은 채 걸어 들어오고 있었다.

꾸준하게 공부해서 이제 거의 모든 영어 회화가 가능했기 때문에 사람들의 입에서 나온 이름을 듣고 그가 이번 웰터급을 석권할 것으로 유력하다는 마크 브릴랜드라는 것을 알았다.

"관장님, 쟤가 마크 브릴랜드라네요."

"저놈이… 정말?"

"날렵하게 생겼네요. 스피드가 상당히 빠르겠어요."

"야, 최강철. 너 지금 장난하는 거지. 나 놀리는 게 그렇게 재밌냐?"

"무슨 말씀이세요?"

"네가 인마, 쟤가 마크 브릴랜드라는 걸 어떻게 알아. 너 마크 브릴랜드 얼굴 보기나 해봤어?"

"아뇨."

"그런데?"

"사람들이 그러잖아요. 쟤가 마크 브릴랜드라고."

"사람들 누구… 혹시 너 영어 할 줄 아는 거냐. 그런 거야?"

"당연하죠. 요즘 영어 못하는 사람이 어디 있어요."

기겁을 하며 놀라는 윤 관장을 바라보며 최강철이 비행기에서처럼 악마의 웃음을 흘려냈다.

윤 관장의 얼굴이 노랗게 변한 것은 최강철이 영어마저 할 줄은 꿈에도 생각하지 못했기 때문이다.

공부를 잘한다는 소리는 들었다. 그냥 잘하는 게 아니라 전교 수석을 한다고 이성일에게 전해 들었을 때는 까무러쳐 죽는 줄 알았다.

도대체 왜?

그렇게 공부를 잘하는 놈이 도대체 무슨 정신으로 온몸이 작살나는 복싱을 한단 말인가.

그런 의문이 들었어도 아무 말도 못 하고 속으로만 끙끙댔다.

괜히 엉뚱한 소리를 했다가 정말 복싱을 그만두겠다고 한다면 자신은 아마 미쳐 죽을지도 몰랐다.

지금의 최강철은 처음 체육관에 들어왔을 때와 비교하면 전혀 다른 사람이 되어 있었다.

바짝 곯았던 몸은 완벽한 균형이 잡혀 흠잡을 데가 없었고 살이 오르면서 얼굴의 윤곽마저 살아나 귀공자를 보는 것과 같았다.

지난 일 년 반 동안 최강철을 상대하면서 놀란 게 한두 번이 아니다.

괴물.

최강철의 변화는 그야말로 눈부시다고밖에 표현할 말이 없었다.

솜이 물을 빨아들이는 것처럼 복싱 기술을 익혀 나가는 그의 모습을 볼 때마다 오한이 돋을 정도였다.

그런 놈이 전교 수석에 영어까지 능통하다는 것을 알게 되자 힘이 쭈욱 빠져 버렸다.

도대체 이놈의 능력은 어디까진지 알 수 없다.

＊　　　　＊　　　　＊

"빠르죠?"

"저게 그냥 빠른 걸로 보이냐?"

"관장님 눈에는 안 빠릅니까?"

"쟤는 지금 그냥 몸을 풀고 있는 거야. 진짜 시합에 나가면 지금보다 배는 빠를 것 같다. 타고난 몸을 가졌어. 흑인이라 그런지 유연성도 대단하구만."

"펀치도 좋군요."

"스트레이트의 각도 봐라. 그냥 화살처럼 꽂히잖아. 그냥 툭툭 치는 것 같지만 정확한 임팩트를 구사하고 있어."

윤 관장의 말은 사실이다.

쉬익, 쉬이익.

마크 브릴랜드의 펀치에서 독사의 울음 같은 소리가 연신 흘러나오고 있었다.

누구 말대로 입에서 내는 소리가 아니라 고스란히 펀치의 스피드에 의해 생성된 파공음이었다.

"더군다나 펀치를 날린 후 더킹과 위빙, 스웨잉이 본능적으로 이루어져서 맞추기가 어렵겠다."

"지금 선수 기죽이시는 거죠?"

"인마, 그렇다는 거지. 내가 언제 기를 죽였다고 그래!"

"뭐, 코치로서 저한테 해주실 말은 없어요? 이를테면 쟤의 약점이라든가 그런 거요."

"하관이 날렵해. 목의 길이도 조금 길고. 저런 놈은 턱이 약하다. 분명 맷집이 약할 거야."

"데뷔 초에 몇 번 진 것 빼고는 한 번도 지지 않았다고 했잖아요?"

"왜 쳐다봐? 그 눈은 나를 못 믿겠다는 싸가지 없는 시선이잖아. 인마, 너도 봤으면서 그런 걸 물으면 어떡해? 저렇게 빠른 놈을 누가 잡아. 맷집이 약해도 맞아야 지든가 말든가 할 것 아니냐."

"그렇다면 저놈은 진짜 상대를 만나지 못했다는 뜻이군요."

"당연한 말이지. 야, 너 어디 가?"

윤 관장이 소리치는 걸 흘려들으면서 최강철은 뚜벅뚜벅 걸었다.

마침 마크 브릴랜드가 훈련을 마치고 글러브를 벗고 있었기 때문이다.

"마크, 반갑다. 우리 인사나 하지. 나는 한국의 최강철이
다."

불쑥 손을 내밀자 마크 브릴랜드가 어이없는 눈을 하더니
피식 웃었다.

그러더니 상대하기 싫다는 듯 몸을 돌리며 벗은 글러브를
자신의 코치에게 던진 후 가방을 챙기기 시작했다.

마치 코흘리개 꼬마 팬이 귀찮게 구는 것처럼 여기는 것 같
았다.

내민 손이 부끄러웠으나 최강철은 그의 행동을 보며 손을
거둬들인 후 음성을 조금 키웠다.

"강하다고 들었어. 내 행동이 불쾌했던 모양인데 나중에 링
에서 보자. 그때는 우리 정중하게 인사하자고."

마크 브릴랜드의 인상이 일그러지는 게 보였다.

그러라고 그런 거다. 나를 기억하게 만들어 불편한 마음을
갖도록 하는 게 목적이었으니 지금의 행동은 성공적이다.

도발.

그래, 맞다.

강력한 적을 상대하기 위해서는 수없이 많은 방법이 있으나
그중 하나가 바로 평정심을 잃게 만드는 것이다.

공식 행사는 언제나 지루하다.

대회의 개최를 알리는 행사는 거의 1시간 가까이 진행되었기에 온몸이 비틀렸다.

각국의 선수들과 코치진이 모두 참석했기 때문에 참석 인원은 700명이 훌쩍 넘었다.

이번 세계 선수권대회는 12체급에서 우승자를 가리는데 체급에 따라 참석 인원이 전부 달랐다.

일부 국가에서 강세를 보이는 슈퍼 헤비급의 참여 인원이 9명으로 가장 적었고 체급이 작아질수록 참여 인원이 많아졌다.

최강철이 출전하는 웰터급은 28명이 참가했는데 경기 시작은 이틀 후부터 벌어지는 것으로 계획되어 있었다.

대회 기간은 모두 11일.

예선전은 8일간에 걸쳐 체급별로 진행되고 3일 동안 준결승과 결승을 치러 우승자를 가려내는 방식이었다.

공식 행사는 거창했다.

세계 아마추어 복싱 협회의 인사들이 대거 등장해서 선수들을 격려했고 축하 공연이 이어졌다.

역시 복싱은 황금 알을 낳는 거위인가 보다.

행사장 주변에는 수많은 기자가 각국에서 날아와 취재 열기가 뜨거웠다.

특히 유럽 쪽과 미국의 기자들이 집중적으로 몰렸는데 차세대 세계 챔피언들이 이곳에서 탄생한다는 것을 경험으로 알기 때문이었다.

하지만 모든 선수에게 시선이 집중된 건 아니다.

그들은 각 체급에서 우승이 유력한 선수들에게 카메라 플래시를 연신 터뜨렸다.

현재 전 세계 복싱 팬들의 사랑을 한 몸에 받고 있는 웰터급의 차세대 기대주 천재 복서 마크 브릴랜드는 그중에서 가장 커다란 스포트라이트의 주인공이었다.

한국의 대표단과는 다르게 다른 나라, 특히 선진국 쪽의 선수들은 공식 행사를 거행하는 동안에도 웃고 떠들며 즐겼다.

행사가 거행되면 언제나 경직된 자세로 있어야 한다는 고정관념이 한국 사람들의 정신세계에 담긴 것은 오래된 군사독재에서 비롯된 폐습이 분명했다.

최강철은 행사장에 들어선 후 한 칸 건너 서 있는 일본 대표단을 확인하기 위해 고개를 주욱 내밀었다.

그들은 다른 아시아 국가의 대표단과 달리 유럽 선수들처럼 자유스러운 분위기에서 행사를 지켜보고 있었다.

역시 잘산다는 건 자부심과 마음의 풍요로움이 공존하는

모양이다.

앞쪽에서 오래 서 있는 게 지루했던지 온몸을 비틀고 있는 유광호를 향해 작은 목소리로 입을 연 것은 한국 킬러라는 히로키의 존재를 도저히 찾을 수 없었기 때문이다.

"저기… 사무장님, 히로키가 누굽니까?"

"그놈 안 왔다."

"왜요?"

"시합하다가 다쳤단다. 잘됐지, 뭐. 그 쌍놈의 새끼, 다리몽둥이가 똑 부러져서 이젠 안 봤으면 좋겠어."

그의 입에서 육두문자가 튀어나왔다.

그만큼 히로키에게 당한 것이 컸던 모양이었다.

하지만 유광호의 얼굴에는 아쉬움보다 안도감이 훨씬 크게 자리 잡고 있었다.

재수가 없어 이번 대회에서 히로키와 부딪혀 또다시 진다면 아무리 좋은 성적을 낸다 해도 비난을 면치 못할 테니 말이다.

아직도 한국은 일본에 대한 증오와 경쟁심이 지독하리만치 깊었기 때문에 유독 히로키에게 힘 한번 못 쓰고 나가떨어질 때마다 복싱 협회는 국민들로부터 난타를 당하곤 했다.

최강철은 유광호의 표정을 보면서 입맛을 다셨다.

히로키, 재수가 좋은 놈이다. 그리고 유광호는 재수가 없다.

만약 히로키가 이번 대회에 나와서 자신과 부딪혔다면 유광호는 평생의 소원을 풀었을 것이다.

                    *   *   *

대회가 시작되어 한국 선수들이 차례대로 출전하자 유광호를 비롯해서 코치진은 팽팽한 긴장 속으로 사로잡혀 갔다.

하지만 시합이 진행될 때마다 그들의 입에서는 환호가 연신 터져 나왔다.

역시 한국은 경량급이 강했다.

최강철은 제외하고 1차 예선에 출전한 선수들이 모두 승리를 거두자 유광호와 코치진의 입이 전부 헤벌쭉하게 찢어졌다.

특히 우려했던 주니어 웰터급의 김동길이 압도적인 경기력을 선보이며 1차 예선을 통과하자 일행의 분위기는 최고조에 달했다.

드디어 최강철의 출전이 다가오자 선수단이 다시 긴장 속으로 빠져들기 시작했다.

다른 체급은 예선 통과가 예상되었으나 최강철이 출전하는 웰터급은 중량급으로 분류되었고 지금까지 약세를 면치 못해 예선 통과가 쉽지 않을 거라 생각했기 때문이다.

출전을 앞둔 최강철에게 유광호가 슬며시 다가온 것도 그 일환이었다.

"강철아, 그냥 경험 쌓는다고 생각해. 세계 대회라고 졸면 가진 기량도 제대로 발휘하지 못한다. 알았지?"

"예."

"져도 좋으니까 긴장하지 말고 사정없이 패버려. 국내에서 하던 것처럼만 하면 돼."

"알겠습니다."

두 주먹을 불끈 쥐어 보이는 그를 향해 최강철이 하얀 웃음을 지어 보였다.

그는 이 웃음이 위로에 대한 보답이라고 생각했을지 모르겠다.

그의 첫 상대는 이탈리아의 브르노였다.

부끄러운 이야기지만 협회에서는 그에 대한 정보를 아무것도 가지고 있지 않았다.

하긴 이해도 된다.

인터넷은 당연히 안 됐고 비디오도 거의 없는 시절이었으니 타국 선수들에 대한 정보를 획득한다는 것은 하늘의 별 따는 것처럼 어려운 일이었다.

따라서 최강철은 주최 측에서 배포한 자료만 참고해서 시합을 해야 했는데 브르노의 나이는 28살이었고 복싱 경력이

9년이나 된 베테랑이었다.

128전 102승 26패.

그중 녹아웃이 56번이나 된 걸 보니 펀치력이 강한 선수다.

이번 대회는 국제 룰로 치러지면서 헤드기어를 쓰지 않았다.

헤드기어에 대한 논란은 수도 없이 많다.

과학적 분석으로 봤을 때 일부는 머리를 보호해 준다고 했으나 다른 한쪽은 헤드기어가 뇌에 더 커다란 손상을 준다고 주장했다.

하지만 확실한 것은 헤드기어를 낄 때보다 펀치를 직접적으로 맞았을 때의 순간 대미지가 훨씬 크다는 것이었다.

다시 말해 펀치력이 강한 선수가 유리한 국면으로 경기를 이끌어 갈 수 있다는 뜻이다.

*   *   *

정식 국가 대표 코치가 있었으나 세컨은 윤 관장이 봤다.

누구보다 최강철을 잘 아는 사람이었으니 국가 대표를 담당하는 최철한 코치는 두말없이 윤 관장에게 세컨 자리를 양보해 주었다.

"강철아, 사무장이 한 말은 깨끗하게 잊어. 그 사람은 널 몰라서 그러는 거다. 내가 봤을 때 넌 어떤 놈도 이길 수 있어. 내 말 믿지?"

"그럼요."

"씨발, 우리 오늘 화끈하게 사고 한번 치는 거야!

"좋네요. 관장님이 이렇게 펄펄 뛰는 걸 보니까. 주눅 들어 있는 것보다 훨씬 좋은데요?"

"이 자식은 꼭 잘 나가다가 삼천포로 빠져. 어쨌든 1라운드는 탐색전으로 보내. 저 자식이 어떤 스타일인지 알고 난 후에 때려잡자."

"알겠습니다."

최강철은 윤 관장의 주문에 즉시 고개를 끄덕여 주었다.

그렇지 않아도 그럴 생각이었다.

아무런 정보가 없는 상태에서 승부를 결정짓는 것은 그의 스타일이 아니다.

맹수는 아무리 약한 먹이를 잡을 때도 기회를 노리며 끈기 있게 기다리다가 단숨에 목덜미를 뜯어버린다.

링의 중앙으로 나가자 마주선 브르노의 얼굴에서 웃음이 떠오르는 게 보였다.

홍안의 애송이.

그의 눈에는 그렇게 보였을 것이다.

가뜩이나 아시아권 선수들은 유럽 쪽에 비해 근본적으로

골격이 왜소한 편이었는데 얼굴마저 어려 보이자 어이가 없다
는 표정이었다.

그러나 그것도 잠시.

주먹을 부딪쳐 인사를 하는 순간, 그의 얼굴은 어느새 전사
의 투지로 가득 차올랐다.

경험과 관록으로 가득 찬 전사 말이다.

무려 128전을 치렀으니 산전수전 다 경험했겠지.

이런 경험을 가진 사람이 프로필에 적혀 있는 자신의 전적
을 확인하지 않았을 리 없다.

그럼에도 자신으로 가득 차 있는 것은 한국의 중량급 복싱
이 볼모지에 가깝다는 것 또한 잘 알기 때문일 것이다.

1라운드가 시작되자 브르노는 성큼성큼 다가와 연속으로
잽을 던지며 거리를 쟀다.

함부로 공격을 하지 않는다. 그 역시 자신처럼 베일에 가려
진 상대의 정체를 확인하고 싶었던 것 같았다.

빠르지 않다. 대신 펀치의 중압감이 대단했다.

가볍게 잽을 던지며 접근하던 브르노의 오른쪽 스트레이트
가 순식간에 얼굴을 노리고 날아왔다.

위잉.

본능적인 감각이 펀치에 맞으면 안 된다는 경고음을 흘려냈
다.

그의 펀치는 김기방이 작심하고 던진 강도 이상의 위력을
나타내고 있었는데 더킹으로 피할 때 귓가를 스쳐 나가는 펀
치의 파공음이 육중했다.

공격은 한 번으로 그치지 않았다.

브르노의 공격은 언제나 스트레이트와 복부 공격이 콤비네
이션으로 터졌고 가끔가다 훅도 섞여 있었다.

더군다나 펀치 강도의 강약 조절이 최강철의 스텝과 방어
에 따라 적절하게 조화되었는데 오랜 경험에서 본능적으로 작
동되는 것 같았다.

최강철은 천천히 외곽으로 돌면서 브르노의 공격 패턴을
읽어나갔다.

강력한 펀치에 비해 스피드가 느리다. 더군다나 일정한 공
격 패턴을 돌아가며 쓰는데 라이트스트레이트에 이은 복부
공격이 들어올 때면 왼쪽 어깨가 미리 쳐지는 습관이 있었다.

최강철은 외곽으로 돌면서 시간을 보냈다.

공격만 당한 것은 아니었다. 면도날 같은 레프트 잽으로 브
르노의 공격에 제동을 걸었고 그의 방어 체계를 확인하기 위
해 스트레이트와 양 훅을 번갈아 때렸다.

방어 기술도 상당한 수준이다. 그의 눈은 매처럼 날카롭게
번뜩이며 언제나 방어에 이은 공격을 노렸다.

왜 한국 복싱이 세계 대회만 나가면 웰터급에서 죽을 쑤었

는지 직접 부딪쳐 보자 알 것 같았다. 브르노의 공격과 방어력은 국가 대표였던 마현석보다 한 단계 위의 수준이었다.

1라운드가 끝나고 코너로 돌아오자 수건을 들고 뛰어든 윤관장이 물병을 들어 그의 입에 쏟아부으며 팔의 근육을 풀어 주었다.

"잘했다. 힘들지 않냐?"

"괜찮습니다."

"강철아, 저놈은 일정한 공격 패턴이 있다. 간파했어?"

"예."

"쟤가 때리는 공격 콤비네이션은 세 가지 패턴이 있어. 좌우 스트레이트에 이은 양쪽 복부 공격, 양 훅에 이은 어퍼컷과 따라붙는 라이트스트레이트, 근접했을 때 숏 훅을 때리고 떨어지면서 좌우 스트레이트. 그 공격들의 선봉은 항상 레프트 잽이고."

역시 왕년의 천재라고 불리던 한국 챔피언다웠다.

윤 관장은 정확하게 브르노의 공격 패턴을 분석하며 파훼책도 함께 이야기했다.

"내가 봤을 때 놈은 숏 훅을 때리고 물러설 때 방어가 가장 취약하더라. 그리고 콤비네이션을 시작할 때 왼쪽 어깨가 내려오는 습관이 있어. 그걸 잡아야 해."

"알겠습니다."

즐겁다. 이런 눈을 가진 코치와 함께 시합을 한다는 것이. 자신이 생각했던 것을 정확하게 짚어내는 윤 관장의 눈은 자신처럼 투지로 가득 차 있었다.

공이 울리자 최강철은 1라운드와 달리 본격적으로 펀치를 날리기 시작했다.

충분히 자신이 있었다.

브르노의 패턴을 분석하고 방어 기술들을 엿본 것은 완벽하게 시합을 마무리하기 위함이었지 그가 두려웠기 때문이 아니다.

움직임이 달라졌다.

적당하게 거리를 유지하며 브르노의 스피드에 맞춰 경기를 진행하던 최강철은 빠른 스텝을 이용하며 면도날 같은 잽을 연사시켰다.

쉬익, 쉬익.

그의 레프트 잽이 날아갈 때마다 독사의 울음소리가 흘러나왔다.

윤 관장이 혀를 내두를 정도로 최강철의 잽은 스트레이트에 가까울 정도의 위력을 지녔다.

정확하고 예리한 잽이 연속으로 터지며 브르노의 안면을 흔들어놓았다.

그러자 브르노가 잽을 스토핑으로 막고 돌진하기 시작했다.

그 역시 경험으로 이런 잽을 계속 맞으며 경기를 한다는 게 얼마나 위험한지 직감한 것 같았다.

최강철의 공격이 본격적으로 시작된 것은 브르노가 또다시 콤비네이션을 꺼내 들고 접근해 들어왔을 때부터였다.

이미 파악한 단점은 브르노의 목숨을 서서히 갉아먹기 시작했다.

라이트스트레이트에 이어 펀치를 내기 위해 브르노의 왼쪽 어깨가 처지는 순간 더킹으로 피했던 최강철의 번개 같은 양 훅이 브르노의 안면에 작렬했다.

주춤 물러서는 브르노. 하지만 브르노의 눈은 아직 살아 있었다.

그랬기에 최강철은 달려들지 않고 처음부터 다시 시작했다. 불의의 일격을 당해 시합을 망친다면 그것만큼 어리석은 짓도 없다.

레프트 잽의 연사. 그리고 브르노가 펀치를 낼 때 드러난 약점을 야금야금 물어뜯었다.

시간이 지나면서 브르노의 눈이 당황으로 인해 혼들리는 게 보였다.

그는 최강철의 펀치에 가격될 때마다 물러서는 스텝이 점점 커졌는데 서서히 대미지가 쌓여가고 있다는 뜻이었다.

최강철이 드디어 칼을 뽑아 든 것은 2라운드를 30초 남겨 놨을 때였다.

연속으로 터진 스트레이트를 얼굴에 맞고 뒤로 물러나는 브르노의 발걸음이 천근의 무게 추를 달아놓은 것처럼 둔하게 움직이고 있었다.

미사일처럼 터진 라이트 훅이 정확하게 브르노의 얼굴에 작렬하는 순간 최강철이 와락 파고들며 강력한 레프트 보디를 터뜨렸다.

그때부터 지금까지 숨겨놓았던 콤비네이션이 움직였다.

지난 3개월 동안 이 콤비네이션을 연마하기 위해 흘린 땀을 양으로 따진다면 커다란 대야로 족히 다섯 개는 될 것이다.

복부에 충격을 받은 브르노가 링 줄에 몸을 기대는 순간 벼락같은 최강철의 펀치가 터지기 시작했다.

브로노의 패턴 공격도 위력적이었으나 최강철의 콤비네이션 패턴 펀치는 그의 것과 비교할 수 없을 정도로 무시무시했다.

전광석화처럼 10여 발 이상 쏟아져 나왔다.

얼마나 빠른지 관중들의 눈이 휙휙 돌아갈 정도였다

이미 저항력을 상실한 브르노의 턱이 연신 돌아가는 순간 끈질기게 지켜보고 있던 레프리가 더 이상 견디지 못하고 뛰어들었다.

　너무 늦었다. 심판이 시합을 중지하기 뛰어들었을 때 이미 브르노의 몸은 짚단처럼 힘없이 쓰러지고 있었다.

　아듀, 브르노.

제9장
포효Ⅱ

유광호는 1차 예선 경기를 승리로 마친 선수들과 링 사이드에 자리를 차지한 채 최강철의 경기를 관전하고 있었다.

세컨의 리드는 윤성호가 봤지만 국가 대표 전담 코치인 최철한도 지원하기 위해 코너에 가 있어 이곳에는 그와 선수들밖에 없었다.

경기가 시작되기 전부터 긴장으로 인해 입술이 바짝바짝 말라왔다.

최강철이 국내에서는 최강자로 등극했으나 세계 대회에 나갈 때마다 국가 대표들이 퍽퍽 나가떨어졌기 때문에 걱정이

앞설 수밖에 없었다.

더군다나 상대로 나온 놈은 백전노장이었고 같은 체급인데
도 덩치가 훨씬 더 커 보였다.

"으……."

1라운드를 지켜보며 얼마나 가슴을 졸였는지 모른다.

브르노의 주먹은 정통으로 한 대만 맞으면 쓰러질 만큼 강
력했는데 놈은 처음에 잠깐 탐색전을 벌이더니 쉴 새 없이 압
박을 가하며 최강철을 몰아붙였다.

휴우.

저절로 한숨이 흘러나왔다.

옆에 있는 선수들의 표정을 흘깃 쳐다보자 안색이 잔뜩 흐
려져 있는 게 보였다.

그들 역시 게임이 어렵게 진행되는 것을 지켜보며 서서히
패배의 어두운 그림자가 다가오고 있다는 걸 느꼈던 모양이었
다.

최강철.

대표 팀의 막내였고 이제 겨우 고등학교 2학년에 재학 중인
놈인데 이상하게 뭔가가 달랐다.

그를 대할 때마다 왠지 모르게 어른을 대하고 있는 느낌이
들었다.

조숙해서 그런 걸까?

지금 옆에 서 있는 선수들이 전부 최강철을 걱정하고 있는 것은 선배들을 대하는 그의 행동이 언제나 예의 바르고 착했기 때문이다.

  2라운드에 들어가자마자 경기의 양상이 바뀌는 걸 보며 자리에서 벌떡 일어났다.

  살아났다.

  국내에서 그의 혼을 흔들어놨던 최강철의 패기와 스피드, 그리고 무차별적인 연타 능력까지.

  웅성대는 사람들의 목소리가 들려왔다.

  몰리는 경기를 하던 최강철이 브르노를 일방적으로 몰아붙이기 시작하자 대회를 관전하기 위해 들어왔던 서독 관중들과 대회 관계자, 심지어 다른 나라의 선수들마저 눈이 둥그렇게 변하는 게 보였다.

  하지만 그것은 시작에 불과했다.

  브르노를 링 줄에 묶어놓고 빛살처럼 터져 버린 최강철의 콤비네이션 연타 공격에 브르노가 침몰해 버리자 관객들의 입에서 함성이 터져 나왔다.

  브르노가 쓰러지는 순간 유광호가 두 손을 번쩍 치켜들었다.

  그러고는 그 상태 그대로 선수들과 함께 미친 듯이 링으로 달려가기 시작했다.

"아이고, 우리 막내 귀염둥이. 만세다, 최강철!"

최강철까지 1차 예선을 통과하자 유광호는 없는 주머니를 털어 선수단을 한국 식당으로 데려가 불고기 파티를 열어주었다.

머나먼 타국 땅에서 맛보는 불고기는 꿀맛도 그런 꿀맛이 없을 만큼 맛있었다.

윤성호는 너무나 기쁜 나머지 유광호와 어울려 적당히 취할 정도로 소주까지 마셨다.

회식은 그리 오래 지속되지 않았으나 분위기는 더없이 즐거워 사람들의 얼굴에는 웃음꽃이 지워지지 않았다.

그러나 그 화기애애했던 분위기는 2차 예선이 치러지면서 점점 무겁게 변하기 시작했다.

기대했던 경량급의 유망주들이 추풍낙엽처럼 떨어져 나갔기 때문이다.

2차 예선을 통과한 것은 전혀 예상하지 않았던 김동길과 최강철뿐이었다.

김동길은 2차 예선에서도 프랑스의 레오를 레퍼리 스톱으로 때려잡고 8강에 올랐는데 일방적인 경기를 펼쳤다.

최강철은 김동길보다 훨씬 인상적인 경기를 펼쳤다.

헝가리의 자노스를 3라운드에서 또다시 KO로 잡아내며 서서히 언론의 관심을 끌어내기 시작했던 것이다.

벌써 21연속 KO승.

그의 기록은 3라운드로 치러지는 아마추어 경기에서 유래를 찾아보기 어려운 것이었으니 그의 이름이 대회를 취재하기 위해 날아온 세계 언론의 기자들에게 관심을 받은 것은 당연한 것이었다.

그럼에도 국내 언론은 잠잠했다.

세계 선수권대회에서 8강에 2명이 올랐지만 국내 언론은 군사정권이 홍보에 열을 올리는 88올림픽 유치 성과에 매달려 정신을 차리지 못했다.

더불어 그들이 관심을 두지 않은 것은 아직 성과가 눈으로 나타나지 않았기 때문이다.

한국 복싱은 세계 선수권대회에서 우승한 전례가 없었다.

워낙 세계 복싱의 수준이 높았고 경량급의 유망주들이 추풍낙엽처럼 떨어지며 중량급에 해당하는 김동길과 최강철만 남게 되자 경기 결과를 보고받은 복싱 협회에서까지 기대감을 슬며시 접고 있는 상태였다.

더군다나 최강철의 다음 상대는 2년 전 벌어진 올림픽에서 은메달을 획득한 쿠바의 갤럭시 가르곤이었다.

이번 대회에서 우승이 유력시되는 절대 강자.

그의 존재는 정보가 부실한 한국 복싱 협회에까지 알려져 있을 정도였다.

최강철은 유광호가 주최 측에 부탁해서 거우 빌린 비디오 플레이어를 통해 가르곤의 경기를 윤 관장과 분석하며 8강전을 기다렸다.

세계적인 선수의 레벨이란 게 어떤 건지 가르곤은 비디오에서 확실하게 눈으로 보여주고 있었다.

번개처럼 빠른 콤비네이션 공격, 끝없이 전진하며 상대를 압박하는 펀치는 가히 예술적인 경지에까지 도달해 있었다.

전, 후진 스텝과 사이드스텝의 전환은 또 어떠한가.

상대의 공격에 맞춰 기민하게 움직이는 방향 전환, 그리고 반격을 노리는 타이밍이 하나의 정교한 기계가 돌아가는 것처럼 완벽에 가까웠다.

아마추어 전적 131승 7패, 85KO승.

전적에서 알 수 있듯이 그는 공산권 국가인 쿠바 출신이 아니었다면 벌써 전향해서 프로 복싱의 판도를 바꿔놓았을 만큼 대단한 실력을 가진 선수였다.

"강철아, 놈은 끝없이 전진하면서 상대를 끝장내는 놈이다. 브르노처럼 발도 느리지 않아."

"그렇네요."

"서두르면 당할 수도 있어. 철저하게 계산된 복싱을 하는 놈이야. 브르노처럼 콤비네이션의 패턴도 단순하지 않고……."

할 말이 있는 것 같은데 쉽게 입을 열지 않는 걸 보니 껄끄러운 이야기인 것 같았다.

짐작이 간다.

그러나 최강철은 모른 체하고 그의 의중을 건드렸다.

"관장님은 제가 이기기를 바라시죠?"

"인마, 그걸 말이라고 해!"

"그럼 말해보세요. 이 경기 어떻게 치를까요?"

"내 생각에… 이 경기는 아무래도 끝까지 가야 될 것 같다. 강철아 우리 욕심 부리지 말고 철저하게 아웃복싱으로 가자. 복싱은 꼭 KO를 시켜야 이기는 경기가 아니야."

역시 자신의 예상이 맞았다.

윤 관장의 생각은 최강철의 압도적인 스피드를 이용해서 점수 위주의 경기를 하자는 것이었다.

그럼에도 21경기 연속 KO승을 이어나가는 자신의 선수에게 판정으로 가자는 제안을 한다는 게 화가 나는 모양이었다.

무슨 이야긴지 안다. 그리고 자신 역시 반드시 상대를 KO 시켜야 한다는 강박관념을 가지고 있는 건 아니다.

지금까지 KO 행진을 이어온 것은 상황이 그렇게 되었고 상대하는 선수들의 레벨이 그 정도였기 때문이다.

그랬기에 최강철은 윤 관장을 보면서 여과 없이 웃을 수 있었다.

"좋은 전략이네요."

"화 안 나냐?"

"왜요?"

"전적으로만 보면 가르곤보다 네 펀치가 더 좋잖아. KO율이 100%인 놈이 아웃복싱을 펼친다는 건 쪽팔리는 일이지."

"방금 관장님이 말씀하셨잖아요. 저는 철저하게 이기는 걸 좋아합니다. 그러니까 아웃복싱을 한다고 해서 자존심에 상처받을 일은 아니죠."

"애 늙은이 같은 놈. 하여간 네 머릿속에는 능구렁이 열 마리는 들어가 있는 것 같아."

*　　　　　*　　　　　*

김동길이 8강전에서 유고슬라비아의 미르첸코를 잡아내고 4강에 오르자 유광호를 비롯한 코치들의 입이 한꺼번에 벌어졌다.

그가 이기자 선수들이 2차 예선에서 대거 탈락했기 때문에 잔뜩 가라앉았던 분위기가 한꺼번에 솟아올랐다.

전혀 예상하지 못했던 성과.

미르첸코는 차기 올림픽에서 메달이 유력시되는 강자 중의 한 명이었기 때문이다.

일행은 예선전에서 떨어진 선수들이 일찍 귀국했기 때문에 이제 7명만 남은 상태였다.

이윽고 최강철의 순서가 다가왔을 때 4강에 오른 김동길이 라커룸으로 들어왔다.

그는 워낙 난타전을 벌였기 때문인지 오른쪽 눈이 부어오른 상태였다.

"강철아, 긴장되냐?"

"당연히 긴장되죠."

"하하… 솔직한 놈. 넌 그런 게 마음에 들어."

김동길이 최강철의 머리를 쓰다듬었다. 마치 사랑스러운 동생을 만져주는 손길이었다.

그의 나이는 24살이었으니 최강철보다 6살이나 많다.

"형이 선배니까 조언하나 해줄게. 그래도 되지?"

"그럼요."

"나는 벌써 복싱을 시작한 지 7년이나 되었어. 처음은 너처럼 화려하지 못했다. 지기도 여러 번 졌고 복싱이 하기 싫어서 도망 다니기도 했어. 맞고 때려야 한다는 게 지겨웠거든. 하지만 눈을 떠보면 어느 샌가 링에 서 있더라. 나한테 복싱은 운명이었던 거지. 나는 너도 그랬으면 좋겠다. 복싱이 운명이라고 생각하면 지는 것이 두렵지 않게 되거든. 강철아, 이번 경기에서 나는 네가 복싱을 운명이라고 생각했으면 좋겠어.

운명을 믿는 사람은 패배에 대한 두려움을 생각하지 않으니까. 링은 외로운 곳이잖아. 그 링이 너에게 주는 고독을 꼭 극복해 주기 바란다."

"고맙습니다. 반드시 기억할게요."

링에 올라 서서히 걸어 들어오는 가르곤을 바라보자 한 마리 날카로운 이빨을 지닌 호랑이가 연상되었다.

사람마다 기세라는 것이 있다.

어떤 사람에게는 부드러움이 보이고 어떤 사람에게는 슬픔과 연민이 느껴지기도 한다.

그러나 가르곤의 기세는 금방이라도 상대의 목덜미를 물어뜯을 것만 같은 강함뿐이었다.

링에 오른 가르곤이 바짝 다가서자 그 기세가 훨씬 강해졌다.

그는 천천히 최강철을 향해 걸어왔는데 한 발, 한 발 다가올 때마다 위협적인 숨소리가 들려오고 있었다.

고의적으로 뿜어내는 기세다. 자신의 기를 죽이기 위한.

빙긋 웃어주었다.

그의 압박이 대단했으나 최강철은 하얀 웃음으로 그의 압박을 단숨에 풀어냈다.

이봐, 가르곤. 일부러 그럴 필요 없어.

복싱은 주먹으로 하는 것이지 그런 싸가지 없는 눈빛으로 기를 죽이는 게 아니야.

최강철이 웃었으나 가르곤은 사나운 시선을 풀지 않은 채 눈싸움을 걸어왔다.

심판이 주의 사항을 주고 있는 동안에도 그는 아예 들을 생각이 없는 것 같았다.

이번에는 최강철도 피하지 않았다.

그게 나에 대한 증오냐, 아니면 네 투지를 끌어 올리기 위한 수단이냐.

나는 그 어떤 것이든 상관없다.

내가 이곳에 있는 이유는 네가 가진 어떤 이유보다 더 절박하고, 더 비참했으며, 더 괴로운 것이니까.

심판의 주의 사항을 듣고 코너로 돌아오자 윤 관장이 물병을 내밀어 입술을 축여주었다.

"강철아, 작전대로 하면 이긴다. 알았지?"

"예."

"절대 무리하지 마. 부탁한다."

"걱정하지 마세요. 대신, 제가 이기면 우리 불고기 한 번 더 먹어요. 그 집 불고기 죽여주더라고요."

최강철이 빙그레 웃으며 말하자 윤 관장이 어이없다는 표정을 지었다.

대신 소리를 버럭 지르며 대답한 건 링에 가까이 다가와 있던 유광호였다.

"인마, 이기기만 해. 네가 이기면 내가 오늘 그 집 불고기 씨를 말릴 테니까!"

공이 울리는 소리와 함께 링의 중앙으로 나갔다.

가르곤에게는 탐색전이란 게 아예 존재하지 않는 모양이다.

전진 스텝을 밟으며 다가오는 그의 모습이 탱크를 연상시켰다.

가드가 철저하게 올라가 있었고 거리를 재며 던지는 레프트 잽이 위협적이었다.

파악, 팍, 팍!

레프트 잽에 스토핑을 거는 순간 기다렸다는 듯이 가르곤의 스트레이트가 날아왔다.

암 블로킹으로 차단하며 뒤로 물러났지만 가격된 팔뚝이 은은하게 저려올 만큼 위력적인 펀치였다.

브르노의 펀치가 강하다고 생각했는데 가르곤의 펀치는 그보다 한 수 위다.

거리를 확보하며 사이드로 돌다가 기습적으로 레프트 잽을 날렸다.

쉭, 쉭.

단 두 번의 레프트 잽.

하지만 그 레프트 잽은 정확하게 가르곤의 전진을 틀어막으며 얼굴을 훑고 나왔다.

가르곤이 잠시 멈칫하는 순간 최강철도 스텝을 멈추고 마우스피스를 드러내며 웃었다.

가르곤, 너 그거 알아?

지금부터 내가 너에게 지옥을 선물해 줄게. 네 복싱 인생에서 한 번도 겪지 못했던 지옥을 말이야.

                    *   *   *

아웃복싱의 기본은 거리를 확보하는 것이다.

강력한 펀치력을 가지고 끝없이 접근전을 펼치는 상대에게 거리를 주지 않은 채 싸우는 최고급의 기술이 바로 아웃복싱이다.

아웃복싱이라고 해서 도망만 다닌다고 생각하면 오산이다.

정확한 타이밍을 뺏어 적의 방어를 뚫고 공격하기 때문에 오히려 펀치의 숫자는 아웃복싱을 구사하는 쪽이 훨씬 많다.

현재 웰터급을 호령하고 있는 환상의 테크니션, 슈가레이 레너드가 바로 아웃복싱의 정수를 보여주는 살아 있는 레전드다.

안 맞고 때린다. 그리고 기회가 나면 폭풍처럼 몰아붙여 상
대를 쓰러뜨리는 그의 아웃복싱은 복싱의 교과서라 불릴 정
도로 완벽했다.

최강철은 날카로운 잽을 연속으로 던지며 가르곤의 왼쪽으
로 돌았다.
가르곤이 오른손잡이기 때문이다.
아웃복싱의 원칙은 상대의 주 공격 루트의 반대편으로 스
텝을 옮기는 것이다.
만약 그렇게 하지 않으면 상대의 훅이나 스트레이트에 완벽
하게 노출되기 때문에 강력한 한 방으로 경기가 끝날 수도 있
다.
쉬익, 쉬익!
마치 피스톤처럼 터지는 레프트 잽.
가르곤의 접근을 원천 차단 하고 거리를 확보하기 위해 최
강철은 상대의 스톱핑을 피하며 연속으로 레프트 잽을 날렸
다.
그의 레프트 잽은 다른 선수들이 날리는 것과 근본적인 차
이점이 있었다.
강하다, 그리고 무엇보다 눈부시도록 빠르다.
최강철의 레프트 잽에 의해 몇 차례 얼굴을 가격당한 가르

곤의 얼굴이 점점 굳어졌다.

공격을 시작하는 순간 날아오는 레프트 잽이 균형을 무너지게 만들어 쉽사리 공격 기회를 잡기가 어려웠다.

더군다나 커팅이 쉽지 않다.

레프트 잽의 속도가 얼마나 빠른지 계속해서 위빙과 더킹을 했지만 피하기가 쉽지 않았다.

가장 큰 문제는 방어에 성공하고 공격을 시작하려 하면 어느새 전권에서 벗어나 있다는 것이었다.

그러나 그는 백전노장이었다.

상대의 레프트 잽이 아무리 강하다 해도 한 번만 기회를 잡으면 언제든지 무너뜨릴 자신이 있었다.

아웃복서를 잡는 방법은 수도 없이 많다.

지금까지 참고 있는 것은 놈이 어떤 무기를 가졌는지 스텝의 움직임은 어떤지를 정확하게 파악하기 위함이었다.

가르곤이 본격적으로 공격을 시작한 것은 1라운드 중반이 지날 때였다.

최강철의 레프트 잽이 나오는 순간 벼락같이 파고들며 강력한 좌우 훅을 터뜨렸다.

살을 주고 뼈를 취하는 작전.

비록 레프트 잽에 맞는 한이 있더라도 자신의 공격을 성공시킬 수만 있다면 이 경기는 충분히 자신이 이길 것이다.

백전노장답게 레프트 잽을 피하며 기회를 노리던 가르곤이 좌우 훅을 날리며 급작스럽게 접근해 들어오자 최강철의 다리가 용수철처럼 튀어 올랐다.

그동안 그는 신중하게 전진 스텝을 밟으며 자신을 추격하기만 했을 뿐 쉽게 공격을 퍼붓지 않았다.

강력한 공격을 맞이한 최강철은 레프트 잽을 회수하며 더킹으로 연타 공격을 피한 후 라이트스트레이트를 뻗었다.

정확한 타이밍에 의한 카운터펀치.

위력에 중점을 둔 것이 아니라 스피드를 이용해서 상대의 힘을 역이용한 공격 방법이었다.

덜컥.

양 훅을 날리던 가르곤의 얼굴이 뒤로 젖혀지는 순간 최강철의 펀치가 속사포처럼 날아갔다.

눈 깜짝할 사이에 터진 스트레이트 콤비 블로우와 좌우 복부 공격이 순식간에 가르곤의 전신을 타격하고 회수되었다.

급하게 가드를 올리고 얼굴을 방어했으나 최강철의 스트레이트와 왼쪽 옆구리 공격은 이미 성공한 후 빠져나간 상태였다.

뒤로 주춤 물러났던 가르곤이 전열을 재정비하고 확인했을 때 이미 최강철은 거리를 확보한 채 레프트 잽을 날려오는 중이었다.

속이 부글부글 끓기 시작했다.

경기를 시작하면서 이번 시합은 누구의 펀치가 더 강력한지, 누구의 공격 패턴이 더 강한지에 의해 승부가 갈려질 것이라 판단했다.

최강철의 전적이 모두 KO승으로 끝났다는 것을 확인했기 때문에 분명 정면 승부가 펼쳐질 것이라 예상했다.

하지만 놈은 전혀 예상치 못했던 아웃복싱을 펼치며 자신을 괴롭히고 있었다.

똑같은 패턴.

레프트 잽으로 거리를 두고 자신이 무시한 채 공격하면 좌우로 빠지면서 연타 공격을 가해왔기 때문에 압박 전술을 펼칠 새가 없었다.

이미 자신의 얼굴은 얼마나 많은 펀치를 맞았는지 화끈거릴 정도였다.

충격을 받은 건 아니었으나 정신이 멍해질 정도로 많은 펀치를 맞았다.

불과 1라운드 만에 자신이 맞은 펀치를 계산해 본다면 대략 50발은 넘을 것 같았다.

*   *   *

"잘했다, 강철아. 이대로만 하자."

"가르곤은 아직 쌩쌩해요. 저 친구는 아직 자신의 주 무기를 꺼내지 않았어요."

"알아, 그래서 너한테 말하려고 했다. 저놈, 아무래도 지금까지 탐색전을 펼친 것 같아. 네가 접근전을 펼칠 거라고 생각했다가 당황한 모양이다. 하지만 지금부터는 다르겠지. 그래도 괜찮아. 네 스피드면 충분히 피할 수 있어."

"그럼요."

최강철이 윤 관장의 갈라진 목소리를 들으며 태연하게 대답했다.

윤 관장은 1라운드가 진행되는 동안 얼마나 소리를 질렀는지 이미 목구멍에서 쇳소리가 흘러나오고 있었다.

"이제부터가 진짜야. 놈은 너를 코너로 몰려고 할 거야. 그걸 막아야 해."

"걱정하지 마세요."

"놈이 밀치지 못하도록 만들어. 클린치가 들어오면 돌면서 빠져나오라고!"

공이 울렸으나 윤 관장은 발악을 하며 소리를 질렀다.

안다, 그의 마음이 어떤지.

그는 가르곤이 본격적으로 거칠게 공격을 시작했을 때 커리

어가 부족한 자신이 견디기 어려울지 모른다는 걱정을 하고 있었다.

역시 다르다.

가르곤은 2라운드에 들어서자 특유의 전진 스텝을 밟으며 콤비네이션을 날리기 시작했다.

선제공격이다.

최강철의 날카로운 레프트 잽을 무력화시키기 위한 전술을 들고 나왔다.

피할 사이도 없이 허공에 양 훅을 던졌던 가르곤의 몸통이 와락 달려들었다.

그러고는 최강철의 몸을 밀며 양쪽 복부를 향해 강력한 보디 공격을 가해 왔다.

암 블로킹으로 막으며 좌측으로 도는 순간, 가르곤의 왼손이 몸통을 끌어안았다.

아니다, 안았다고 생각하는 순간 날카로운 라이트 어퍼컷이 송곳처럼 솟구쳐 올라왔다.

고개를 돌려 피했으나 귀가 먹먹해졌다.

아무래도 놈의 펀치가 귓가를 훑고 지나간 모양이었다.

윤 관장이 예상한 것처럼 가르곤은 최강철의 빠른 발을 잡기 위해 클린치 작전을 펼쳤다.

심판이 뜯어말렸으나 잠시뿐, 그는 계속해서 거칠게 패턴 공격을 퍼부으며 실패하면 즉시 몸통을 끌어안고 주먹을 날려 왔다.

다섯 번.

심판이 가르곤을 뜯어낸 것이 벌써 다섯 번이다.

그동안 그가 최강철의 몸을 끌어안고 날린 펀치 횟수는 50번이 넘었다.

물론 근접거리에서 맞았기 때문에 충격은 없었으나 비겁한 작전을 들고 나오자 최강철의 얼굴이 저절로 일그러졌다.

가르곤이 심판에 의해 잠시 물러났다가 그대로 돌진해 왔다.

자신의 작전이 먹혀든다고 판단했던 모양이다.

최강철은 슬며시 이를 악물고 지금까지 사이드로 돌던 스텝을 멈춘 채 돌진해 오는 가르곤을 향해 마주 달려들며 전광석화처럼 십여 발의 펀치를 날렸다.

'아직까지 몰랐던 모양인데 내가 아웃복싱을 펼친 것은 네가 두려웠기 때문이 아니다.'

패턴 공격을 펼치며 다가오던 가르곤의 접근이 최강철의 무지막지한 콤비네이션의 의해 저지당하며 무너졌다.

최강철이 날린 십여 발의 펀치 중 절반이 얼굴과 옆구리에 작렬했기 때문에 가르곤은 가드를 올린 채 방어에 치중하며 전신을 웅크렸다.

펀치의 강도는 물론이고 워낙 펀치가 빨라 이전처럼 클린치 작전을 펼쳤다가는 버티기 어렵다고 판단했기 때문이다.

최강철의 선제공격은 가르곤이 접근할 때마다 가차 없이 터졌다.

당황스러움과 충격으로 가르곤의 얼굴이 벌겋게 변했다.

정확한 펀치에 당했기 때문인지 그의 코에서는 피가 새어나왔고 눈도 서서히 부어오르기 시작했다.

벌써 일곱 차례나 같은 공격을 당하자 그는 이제 쉽사리 클린치 작전을 펼치지 못하고 그저 빠르게 이동하는 최강철을 뒤쫓기만 할 뿐이었다.

3라운드에 들어선 최강철의 공격 패턴이 또 변했다.

아웃복싱을 하면서 인파이팅을 병행하는 작전이었다.

빠르게 돌다가 상대의 공격이 실패했을 경우 최강철은 전광석화와 같은 콤비네이션을 4~5차례 구사한 후 뒤로 빠져나갔다.

가르곤은 그때마다 어쩔 줄 몰라 했다.

난타전을 펼쳤다면 해볼 만했겠지만 최강철은 공격이 끝나면 지체 없이 거리를 확보하며 뒤로 물러났다.

분노로 인해 머리가 하얗게 변해갔으나 다리가 점점 무거워져 이제 쫓는다는 것도 어렵다는 생각이 들었다.

3라운드 내내 저렇게 미친 듯이 움직이면서 전혀 지친 기색조차 보이지 않는 최강철이 인간으로 보이지 않을 지경이었다.

또다시 들어오는 공격.

이제 주먹을 내는 것조차 두려울 정도다.

놈은 자신이 펀치를 내는 순간을 이용해서 공격을 해왔는데 철벽이라 불렸던 자신의 방어 체계가 그때마다 무용지물로 변하곤 했다.

최강철은 코너에서 1분 남았다는 윤 관장의 사인을 받은 후 좌측으로 빠르게 움직이던 스텝을 멈추고 전진 스텝을 밟기 시작했다.

분노에 사로잡혀 있는 가르곤의 눈.

그 눈에는 최강철이 스피드를 이용해서 아웃복싱을 했기 때문에 경기가 제대로 풀리지 않는다는 억울함과 분노가 고스란히 담겨 있었다.

그의 모습은 먹이를 놓친 채 올가미에 걸려 상처 입은 짐승과 비슷하게 보였다.

가르곤.

네가 원하지 않은 경기를 했다고 나를 비겁하다고 느끼는 것이냐.

이런 아웃복싱을 한 놈은 처음이겠지. 나 같은 스피드와 콤비네이션을 가진 놈은 처음 봤을 테니까.

하지만 네가 잡지 못했다고 해서 나를 비겁자로 본다면 그건 커다란 오산이야.

왜냐하면 진짜 내 스타일은 아웃복싱이 아니라 인파이팅이기 때문이다.

최강철은 사이드스텝을 멈추고 흠칫 놀라는 가르곤을 향해 빠르게 다가갔다.

그러고는 스텝을 고정시킨 채 특유의 강력하고 빛살처럼 빠른 연타 공격을 시작했다.

가르곤도 정신을 차리고 맞불을 놓았으나 최강철은 물러서지 않은 채 쉴 새 없이 펀치를 뽐어냈다.

밀린다.

그렇게 강하다던 가르곤이 최강철의 칼날 같은 연타 공격을 견디지 못하고 주춤거리며 밀려났다.

"야, 미친 새끼야. 지금 뭐 하는 거야! 뒤로 빠져. 빠지라고! 이 원수 같은 놈아!"

링 밖에서 윤 관장이 소리를 고래고래 지르며 쌍욕을 해댔으나 최강철은 작정을 한 것처럼 가르곤의 백스텝을 따라잡으며 패턴 공격을 퍼부었다.

이미 관중들은 난리가 난 상태였다.

압도적인 우세를 보였던 최강철이 마지막 1분을 남기고 정면 대결로 판을 새로 짜며 불꽃같은 승부를 펼치자 전부 자리에서 일어나 미친 듯 함성을 지르고 있었다.

결국 코너에 몰린 것은 가르곤이었다.

최강철의 펀치력을 견뎌내지 못하고 백스텝을 밟던 그는 코너에 등을 기댄 채 정신없이 주먹을 휘둘렀다.

하지만 거기가 지옥이다.

난타전을 펼칠 때는 완벽한 타이밍을 잡지 못했지만 그가 코너에 몰리자 최강철은 거리를 확보한 후 미사일 같은 펀치를 갈기기 시작했다.

"와아, 와아!"

관중들의 함성 소리가 장송곡처럼 들렸다.

최강철의 펀치에 의해 가르곤의 얼굴은 쉴 새 없이 돌아갔는데 이미 얼굴은 처참하게 변해서 알아볼 수 없을 지경이었다.

그럼에도 그 투지가 대단하다.

끝끝내 쓰러지지 않고 버티는 가르곤의 정신력은 복서로서 인정해 줄 만한 것이었다.

그러나 심판의 눈에는 그렇지 않았던 모양이다.

"스톱, 스톱!"

최강철이 송곳 같은 좌우 스트레이트를 가르곤의 얼굴에 작렬시키고 뒤로 물러서는 순간 레프리가 몸을 던지며 둘 사이를 가로막았다.

시합 종료를 불과 10초 남겼을 때 발생한 일이었다.

"와아, 와아!"

관중들이 두 손을 번쩍 치켜들고 당당하게 링을 도는 최강철을 향해 뜨거운 함성을 보내주었다.

벌써 22연속 KO승.

아마추어 복싱에서는 RSC와 KO승이 구분되지만 프로 복싱에서는 그에 대한 구분이 없다.

레퍼리 스톱이 되었다는 건 상대가 위험에 처했거나 전투 능력을 완전히 상실되었다는 것을 의미하기에 어떤 면에서는 KO보다 훨씬 더 일방적인 경기였다는 것을 나타낸다.

미국의 스포츠라인 기자 토머스는 이번 세계 선수권을 취재하기 위해 같이 날아온 스포팅뉴스의 할리를 바라보며 어이없다는 표정을 숨기지 못했다.

미국에서는 10여 명의 기자가 날아왔는데 마크 브릴랜드의 결승 장면을 생중계하기 위해 곧 폭스TV에서도 도착할 예정이었다.

마크 브릴랜드의 상품성이 그만큼 크기 때문이다.

차세대 세계 챔피언으로 꼽히는 그의 기량은 미국 언론을 뮌헨으로 집중시킬 만큼 뛰어났다.

할리는 관중들의 함성을 들으며 뭔가를 부지런히 적고 있었다.

"이봐, 뭘 그렇게 적어?"

"기사 송부하려고, 크크크……. 이게 웬 횡재인지 모르겠네."

"최강철에 대한 기사를 보낸다고?"

"당연하잖아. 아트 복서 마크 브릴랜드와 허리케인 최강철. 어때, 제목 근사하지?"

할리가 자랑스럽게 헤드라인 제목을 뽑아냈다.

허리케인.

나중에 최강철을 상징하는 별명은 이때 처음으로 거론된 것이다.

"마치 결승전에서 두 놈이 마주칠 거라 확신하는 것 같구만."

"최강철은 가르곤까지 잡아냈어. 가르곤이 누구냐, 마크 브릴랜드의 가장 강력한 적수 중 한 명이었다고. 그런 놈이 개박살이 났는데 누가 최강철을 잡아? 내가 봤을 때 분명히 결승은 마크와 최강철이 부딪친다."

"이봐, 속단하지 말라고. 저놈의 준결승 상대는 맨프레드 제론카야. 여긴 제론카의 홈 링이라서 어떤 일이 벌어질지 몰라.

더군다나 제론카는 가르곤을 이긴 적이 있을 정도로 센 놈이
라 지켜볼 필요성이 있어."

"아무리 홈 링이라도 캔버스에 쓰러지면 심판도 어쩔 수 없
거든. 더군다나 내가 알기로 제론카의 아내가 암 투병 중이라
고 하던데 죽음이 눈앞으로 다가온 모양이야. 어제도 병원에
서 밤을 새웠다고 하더군."

"그래? 그럼 준결승 경기는 싱거울 수도 있겠네."

"토머스, 자넨 마크와 최강철이 붙으면 누가 이길 것 같나?"

"불행하게도 난 최강철의 시합을 본 게 이번이 처음이야. 이
전 시합들을 봤다면 어느 정도 예측이 되었겠지만 지금은 말
하기 어렵군."

토머스의 대답을 들으며 할리가 고개를 끄덕였다. 그 역시
최강철의 시합을 직접 눈으로 본 것은 처음이었기 때문이다.

그럼에도 할리는 신중한 표정을 지은 채 자신의 생각을 꺼
냈다.

"복싱은 상대성이 강한 스포츠라서 쉽게 단정 지을 수는 없
으나 난 마크가 이길 것 같다는 생각이 들어."

"왜?"

"마크의 수비력은 가르곤보다 한 수 위야. 더군다나 스피드
가 발군이지. 최강철이 가르곤을 요리할 수 있었던 것은 스피
드 면에서 압도했기 때문으로 보여져. 그러나 마크는 최강철

보다 더 빠른 놈이라고. 거기에 물러나면서 터지는 카운터는 또 어떻고. 최강철은 결국 마크한테는 안 될 거야."

"팔은 안으로 굽는다는 말이 있어. 자네도 혹시 그런 거 아닌가?"

"이 사람아, 나는 복싱 전문 기자야. 객관적 사실만 가지고 판단해."

"하하하… 그러길 바라네. 하지만 나는 최강철이 이길 거라고 생각되는군. 마크의 최대 단점은 맷집이 약하다는 거야. 반면에 최강철의 펀치는 면도날 같지. 22연속 KO승이 그냥 나온 게 아니잖아."

"저녁 내기?"

"콜!"

토머스가 화통하게 외치자 할리의 얼굴에서 웃음꽃이 피어올랐다.

의견은 달랐지만 기대감이 스멀스멀 기어올라 와 즐거움을 숨길 수가 없었다.

할리의 입이 다시 열린 것은 링 사이드에 있는 톰슨을 확인한 후였다.

톰슨은 세계 최고의 프로모터 돈 킹이 만든 더 럼블의 부사장이었다.

"톰슨의 표정이 심각하게 변했구만. 안 그래?"

"충분히 탐낼 만하잖아. 내가 봐도 상품성은 마크보다 최강철이 좋아."

"문제는 저놈이 한국인이라는 거야. 한국 놈을 스카우트하기엔 조금 문제가 있지 않겠어? 흥행을 고려한다면 쉽지 않은 일이야."

"뭔 소리야. 파나마의 듀란도 있고 푸에르토리코의 베니테스도 있어. 돈 킹은 실력만 있으면 국적은 상관하지 않는 사람이라고."

"최강철을 그 사람들과 비교하는 건 너무 심하구만. 듀란과 베니테스는 불세출의 영웅들이야!"

"이 사람 왜 흥분하고 그래. 말이 그렇다는 건데."

*   *   *

최강철이 경기에서 이기자 전부 링에 올라가 만세를 불렀던 한국 스태프들은 한 뭉치가 되어 라커로 들어왔다.

그들은 아직까지 흥분을 가라앉히지 못해서 얼굴이 붉게 달아오른 상태였는데 모두 완벽한 승리였다며 칭찬을 아끼지 않았다.

가장 좋아한 사람은 복싱 협회 사무장 유광호였다.

그는 김동길에 이어 최강철까지 4강에 오르자 연신 너털웃음을 터뜨리며 기쁨을 감추지 못했다.

"약속한 대로 오늘 저녁은 불고기 파티 할 거니까 전부 기대하고 있어. 난 협회에 보고 좀 하고 올 테니까 여기서 잠시만 기다려. 숙소로 같이 이동하자고."

유광호가 서둘러 라커룸을 나가자 와자지껄 떠들던 김동길과 코치진이 윤 관장의 얼굴을 흘끔흘끔 쳐다보다가 슬그머니 자리를 떴다.

윤 관장은 경기가 끝나고 라커로 들어온 이후 한마디도 하지 않고 있었기 때문이다.

최강철이 슬그머니 다가가 입을 연 것은 눈치를 보던 사람들이 자리를 뜨고 둘만 남았을 때였다.

"화 나셨어요?"

"이 자식아, 말 걸지 마라. 나 정말 화 많이 났거든!"

"에이, 이겼는데 왜 이러세요."

"코치 말도 안 듣는 놈이 그게 할 소리냐. 이기면 모든 게 용서될 줄 알았어?"

"제가 말을 듣지 않을 게 아니라 작전이 변경된 거죠. 상대가 그로기에 몰리면 공격하는 게 당연하잖아요."

"거짓말하지 마. 그때 가르곤은 그로기 상태 아니었어. 우리가 경기 들어갈 때 뭐라고 그랬냐. 마지막까지 조심하자고 몇 번이나 다짐했어!"

"경기하다 보니까 그렇게 된 거예요. 일부러 그런 건 아니니까 그만 화 푸세요."

"아, 됐고. 말 붙이지 마라. 나 혼자 있고 싶다."

윤 관장이 최강철에게서 휙 돌아서며 등을 보였다.

그 모습이 마치 애인에게 화내는 여자의 모습과 비슷했다.

그랬기에 최강철은 다가가서 그의 등을 끌어안았다. 삐졌을 때는 스킨십만큼 좋은 것도 없다.

"코치님, 사랑합니다."

"지랄하지 마. 안 속아."

"오늘 술 많이 마시지 마세요. 내일 준결승 있는데 작전 회의 해야죠. 서독의 제론카는 스트레이트가 좋다면서요."

"내가 그놈 예선전 시합을 지켜봤는데 스트레이트만 좋은 게 아니야. 스트레이트와 교차하면서 터지는 양 훅의 타이밍이 기가 막혀……."

슬쩍 준결승 상대인 제론카를 거론하자 등을 돌렸던 윤 관장이 빠르게 몸을 돌렸다.

그러고는 자신이 분석했던 내용들을 주절주절 꺼내기 시작했다.

역시 사랑싸움은 칼로 물 베기다.

윤 관장은 누구보다 최강철의 승리를 바라는 사람이었으니 작은 서운함 정도는 아무것도 아니었던 모양이다.

　　　　　*　　　　　　*　　　　　　*

　한국의 언론들이 모습을 드러낸 것은 김동길과 최강철의
4강 진입 소식이 복싱 협회를 통해 알려진 후였다.

　조선일보와 동아일보의 서독 특파원은 스포츠 전문 기자들
이 아니라 국제 정세에 능통한 베테랑 기자들이었기 때문에
복싱에는 문외한들이었다.

　그럼에도 그들이 이곳을 찾은 것은 본사의 성화가 컸기 때
문이다.

　자칫 둘 중 하나라도 금메달을 차지하게 된다면 신문을 보
는 독자들에게 망신살이 뻗칠 게 분명했다.

　하지만 그들은 취재에 적극적이지 않았다.

　전문성도 부족할 뿐 아니라 특파원이라는 우월 의식으로
인해 간단한 인터뷰만 마치고 돌아갔다.

　대신 성화를 부린 것은 미국과 유럽의 기자들이었다.

　그들은 전혀 예상치 못했던 김동길과 최강철이 4강에 오르
자 집요하게 따라다니며 취재했는데 불고기조차 제대로 먹지
못할 정도였다.

　특히 최강철은 더했다.

　국내 언론조차 직시하지 않고 있던 22연속 KO승에 대하여

그들은 지대한 관심을 두고 있었다.

준결승은 김동길이 출전하는 주니어 웰터급부터 시작되었다.

그의 상대는 유고의 미르코 푸조비치였는데 인파이팅이 강한 걸로 알려진 선수였다.

워낙 강한 상대였기 때문에 전문가들의 예상은 비관적이었다.

최강철이 라커룸을 열고 들어선 것은 김동길이 출전 준비를 하면서 가볍게 섀도복싱을 하고 있을 때였다.

"왜 왔어. 너도 바쁠 텐데?"

"응원하려고요."

"인마, 다음 시합이 너야. 남 걱정하지 말고 너나 준비 잘해."

"형, 꼭 이길 겁니다. 형의 투지라면 푸조비치 정도는 아무것도 아니에요."

"고맙다."

김동길의 웃음을 보면서 최강철은 라커룸을 빠져나왔다.

시합에 이겨주기를 간절히 바랐지만 그의 시합을 보지는 못할 것이다.

바로 다음이 그의 시합이었기 때문이다.

              *   *   *

유광호가 펄쩍 펄쩍 뛰면서 김동길이 이겼다는 소식을 알려주었다.

기량에서는 달렸지만 불꽃같은 투혼으로 끝까지 밀어붙여 푸조비치를 무너뜨렸다는 것이었다.

"강철아, 이제 너만 이기면 된다. 부탁한다."

"최선을 다하겠습니다."

유광호가 따라붙으며 계속 떠들었으나 그 목소리는 관중들의 함성에 파묻혀 더 이상 들리지 않았다.

서독 관중들의 열기는 대단했다.

준결승에서 붙는 제론카의 고향이 바로 이곳 뮌헨이었기 때문이다.

락커룸에서 빠져나와 경기장으로 들어가는 곳에서 시합을 마치고 돌아오는 김동길을 만났다.

그의 얼굴은 그야말로 성한 곳이 한 군데도 없을 정도였다.

얼마나 격렬한 경기였는지 그의 얼굴만 봐도 충분히 알 수 있었다.

"강철아, 잘해."

"형, 이겨주셔서 고맙습니다. 저도 열심히 할게요."

"땀만 닦고 나와서 볼게. 꼭 이겨라."

"예."

오고 가는 진심이 따뜻했다.

격려를 하는 김동길도 대답을 하는 최강철의 얼굴에도 희미한 웃음이 들어 있었다.

언제까지 계속될 것 같던 최강철의 KO 행진이 멈춘 것은 바로 제론카에 의해서였다.

1라운드 탐색전에 이어 2라운드부터 적극적인 공격을 시도했지만 제론카는 완벽한 방어 기술을 선보이며 좀처럼 무너지지 않았다.

그렇다고 해서 최강철이 무기력한 경기를 한 것은 아니었다.

연신 터지는 그의 활화산 같은 콤비 블로우는 일방적으로 제론카를 응원하는 서독 관중들의 심장을 서늘하게 식혀놓기에 충분한 것이었다.

제론카가 쓰러지지 않고 버틸 수 있었던 것은 글러브의 차이 때문이다.

아마추어 경기는 웰터급의 경우 12온스짜리를 쓰는데, 프로에서 쓰는 8온스 글러브에 비해 크고 너클파트가 두껍게 제작되어 충격이 상대적으로 적다.

특히 제론카처럼 허리를 웅크리고 완벽한 가드 상태에서 시합을 하는 선수는 쓰러뜨리는 것이 불가능에 가깝다.

또 한 가지 이유는 제론카가 적극적인 공격 대신 수비 위주의 경기를 펼쳤기 때문이다.

이유는 금방 알 수 있었다.

그의 눈에 들어 있는 두려움이 모든 것을 말해주고 있었다.

경기가 시작되었을 때부터 제론카는 바짝 긴장된 상태로 나섰는데 최강철이 펀치를 낼 때마다 공격을 멈추고 물러서기를 반복했다.

홈 관중들 앞에서 쓰러지는 것이 싫었던 걸까?

아니다, 그럴 리는 없다.

복싱 선수가 상대가 두려워 맞지 않으려 애쓴다는 것은 억지로 전쟁터에 끌려간 병사와 무엇이 다를 것인가.

분명 그에게는 다른 이유가 있을 것 같았다.

사각의 링은 승리를 위해 자신의 모든 것을 던지는 사나이들의 세상이다.

자신을 스스로 극복하며 고독과 싸워 끝까지 살아남아야 하는 비정한 세계에서 어떤 이유가 있어야 제론카처럼 슬픈 눈을 만들 수 있는 걸까.

아쉽다.

마지막 공이 울리는 순간까지 몰아붙였으나 완벽한 방어벽을 치며 시간을 보낸 제론카를 쓰러뜨리지 못하자 진득한 아쉬움이 가슴을 적셨다.

경기는 그의 일방적인 승리였다.

워낙 커다란 점수 차이였기 때문에 발표는 금방 되었는데 서독 관중들은 제론카를 향해 무차별적인 야유를 퍼부었다.

제론카는 얼굴을 석상처럼 굳힌 채 승부가 발표나자마자 무언가에 쫓기는 사람처럼 급하게 링을 떠났다.

역시 뭔가가 있다.

윤 관장이 함박웃음을 흘리며 달려오는 것이 보였다.

그는 자신의 KO 행진이 깨진 것에 대해 아무런 미련도 없는 것처럼 그저 승리를 기뻐하고 있었다.

그의 얼굴을 보자 아쉬움이 눈 녹듯 사라지며 웃음이 배어 나왔다.

그래, 그런 거지.

세상이 어찌 내가 생각한 대로만 살아지겠는가.

달려온 윤 관장을 향해 손을 내밀었다. 그러고는 뜨거운 포옹으로 그의 기쁨을 한껏 느꼈다.

이제 한 명만 남았다.

천재 복서라 불리는 마크 브릴랜드.

그는 제론카처럼 경기를 포기하지 않을 테니 오늘처럼 지루한 경기는 반복되지 않을 것이다.

나는 기다린다, 너와 나의 마지막 불꽃같은 승부를.

＊   ＊   ＊

최우용은 아침 신문에 나온 기사를 보고 아들이 세계 선수권대회에서 4강에 올랐다는 소식을 알게 되었다.

기사를 보는 순간 숨이 턱 막혀와 한동안 움직이지 못했다.

신문에는 단신으로 간략하게 경기 결과가 나왔는데 아들의 인터뷰 내용도 담겨 있었다.

마지막까지 최선을 다해 싸우겠습니다.

많은 내용을 말했겠지만 오직 신문에는 그 내용밖에 들어있지 않았다.

그럼에도 그것으로 충분했다.

아들이 떠난 지 벌써 15일이 지났으나 소식을 들은 건 이번이 처음이라 더 가슴을 쓸어내릴 수 있었다.

워낙 먼 곳이었기 때문에 전화조차 될 수 없었는데 이렇게 소식을 접하게 되자 날아갈 듯 기뻤다.

신문을 보면서 남편이 기뻐하는 모습에 류순덕이 조바심을 냈다.

"뭐여유?"

"강철이가 준결승에 올랐다는구먼."

"그럼 거기 있는 게 강철이 소식인 겨?"

"응."

"어디 다친 데는 없대요?"

"이 사람아, 그런 건 안 나왔어. 요기 요맨큼만 나왔는데 그런 게 나왔겠어."

최우용이 기사가 나온 부분을 짚으며 말하자 류순덕이 고개를 길게 빼서 남편이 가리킨 곳을 쳐다봤다.

요즘 들어 글자를 배우고 있으나 국민학교 근처에도 가보지 못했던 류순덕이 깨알처럼 적혀져 있는 신문을 읽는다는 건 쉽지 않은 일이었다.

그녀가 기사를 읽어달라고 독촉한 것은 아들에 대한 걱정과 조바심 때문이었다.

아내의 성화에 최우용이 함박웃음을 매달고 천천히 기사를 읽어주었다.

그러자 뒤늦게 나타난 딸들이 난리를 치면서 좋아했다.

하지만 류순덕의 얼굴은 좋은 소식을 접했음에도 웃음을 담지 못했다.

아들이 인터뷰한 내용을 들은 그녀는 식구들이 기뻐하는 모습을 보며 그저 가슴을 졸일 뿐이었다.

눈에 넣어도 아프지 않을 막내아들.

그런 아들이 남을 때리고 맞아야 하는 복싱을 한다는 게 싫었다.

이제 언제 다칠지 모르는 그런 험악한 짓은 그만했으면 좋겠다.

그저 남들처럼 공부 열심히 하고 평범하게 자라 행복하게 살아주는 것이 그녀의 바람이었다.

"최 씨, 축하혀!"

"허허… 고마워유."

작업반장과 동료 운전원들이 다가와 손을 붙들고 난리를 치는 통에 최우용이 당황함을 숨기지 못하며 연신 고개를 조아렸다.

동료들의 축하를 받는 데 익숙하지 못했기에 자신도 모르게 나온 행동이었다.

박 반장이 불쑥 입을 연 것은 직원들의 축하 인사가 어느 정도 마무리되었을 때였다.

"그나저나 신문에 보니까 오늘 시합이 벌어진다고 하대. 전화라도 해보지그려."

"서독까정 어떻게 전화를 해유."

"국제전화 있잖여."

"난 전화번호도 몰러. 나중에 신문에 나오겠지. 자, 그만하

고 일들 나갑시다. 김 주사 들어오믄 또 잔소리 들어야 하잖
어."

"그려, 그놈 상판대기 나타나믄 골치 아퍼. 다들 가세."

성질이 지랄 맞은 김근조의 이름이 나오자 자기 일처럼 좋
아하던 박 반장이 먼저 서둘러 사무실을 빠져나갔고 그 뒤를
직원들이 주욱 따랐다.

오늘은 할 일이 많았다.

가을이 되면서 국도 주변에 나뭇잎이 잔뜩 떨어졌고 포장
보수 공사도 여러 건이 있어 아침부터 바쁘게 움직여야 했다.

하루 종일 일을 하면서 수많은 생각이 떠올라 일에 집중할
수 없었다.

운전을 할 때 정신이 분산되면 사고 날 가능성이 크다는
걸 누구보다 잘 알지만 아들이 링에서 쓰러지는 환상이 자꾸
그를 괴롭혔다.

다행스럽게 일을 마무리하고 사무실로 들어와 운행 일지를
적었다.

이 일만 끝나면 퇴근이 가능했기에 운전원들의 하루 일과
는 운행 일지를 적는 것으로 끝이 난다.

적막하다.

하루를 마무리하는 이 시간은 저승사자 김근조가 관장하
기 때문에 직원들은 누구 하나 떠들지 않고 자신들의 할 일만

했다.

따르릉따르릉!

고요한 사무실에 울린 전화벨 소리가 사람들의 시선을 한꺼번에 끌어모았다.

이 시간이 되면 전화 오는 경우가 거의 없었는데 전화벨은 김근조가 서류를 찾느라 일어난 사이에 끊임없이 울려댔다.

"여보시오, 어디라구요? 서독, 최우용 씨 말입니까?"

뒤늦게 전화를 받았던 김근조가 황당한 표정을 지으며 최우용을 바라보았다.

국제전화란 것은 말만 들었을 뿐 실제로 경험한 적이 없었던 그였기에 그 표정이 우스꽝스럽게 변했다.

"최 씨, 아들 전화라네. 받으시오."

김근조가 내민 전화기를 향해 최우용이 부리나케 달려갔다. 서독에서 온 전화라면 최강철이 자신을 찾는 게 분명했다.

수화기를 귀에 가져다 대자 아들의 목소리가 흘러나왔다.

―아버지, 저 강철입니다.

"아이구, 어찌 된 겨. 거기서 여그가 얼만데 전화를 혀?"

―기쁜 소식 전해 드리려고요. 아버지, 저 결승전에 진출했어요.

"정말이냐! 잘했다, 잘했어."

소식을 전해 들은 최우용이 펄쩍 뛰었다.

김근조를 비롯해서 나머지 직원들이 전부 그를 바라보고
있었으나 최우용은 수화기를 귀에 대고 오직 아들의 목소리
에 집중할 뿐이었다.

—아버지, 이틀 후에 결승이에요. 꼭 이기고 돌아갈 테니까
걱정하지 마세요.

"그려그려. 강철아… 꼭 몸조심혀야 헌다."

                    *   *   *

청와대.

전두환의 앞에는 쿠데타의 주역들인 장세동과 허삼수, 허화
평이 고급 소파에 좌우로 앉아 있었다.

총으로 수많은 사람을 학살하고 대한민국 정치판을 완전히
뒤집은 채 정권을 잡은 그들의 앞에는 최고급 쌍화차가 나란
히 놓여 있었다.

전두환이 커피를 싫어했기 때문에 회의 때마다 나오는 단
골 메뉴였다.

오늘 회의는 정부의 조직 축소에 관한 것이 주요 내용이었
다.

전두환이 불쑥 다른 이야기를 꺼낸 건 정부 조직 축소안이

어느 정도 마무리되어 일행들이 느긋하게 차를 마실 때였다.

"자네들, 그거 알아?"

밑도 끝도 없이 던지는 질문.

아무리 세 사람이 심복들이라도 해도 이럴 때마다 당황스러운 건 어쩔 수 없다.

그럼에도 같이 지내온 세월 동안 익혀온 것이 있으니 심복들은 미소만 지은 채 전두환의 다음 말을 기다렸다.

입술 끝이 올라가 있으면 기분이 나쁘지 않다는 뜻이다. 반대로 눈꼬리가 뱀처럼 올라가면 심기가 불편하다는 걸 나타내기 때문에 지금처럼 미소를 지으면 반병신이 된다.

"김동길이하고 최강철이 결승전에 올랐다는구만."

"복싱 세계 선수권대회 말씀이군요."

"맞아."

"저도 들어오면서 들었습니다."

"그것참 기특한 놈들이야. 지금까지 거기서 금메달 딴 놈들이 없다면서?"

"예, 각하. 워낙 세계 수준이 높아서 한 번도 좋은 결과를 내지 못했다고 합니다."

"이번에는 어떨 것 같나?"

"두 놈 다 잘하는 모양입니다. 특히 최강철 이놈은 22번이나 연속으로 KO승을 거두다가 이번 준결승에서 아쉽게 판정으로 이겼다더군요. 하지만 금메달을 목에 거는 건 쉽지 않을 것 같습니다. 김동길과 결승에서 싸우는 쿠바의 카를로스 가르시아는 저번 올림픽 금메달리스트입니다. 그리고 최강철과 싸우는 마크 브릴랜드는 천재 복서라고 불리는데 차기 세계 챔피언이라 소문날 정도로 뛰어나다고 합니다."

비서실장 장세동이 선수를 쳐서 대답했다.

전두환이 워낙 복싱을 좋아했기 때문에 그들 역시 웬만한 복싱 정보에 관해서는 빠삭하게 파악하고 있었다.

"그렇다면 이번에도 어렵다는 거야?"

"…예."

"복싱이 유리한 게 어디 있어. 일단 부딪치고 부셔봐야 결과가 나오는 거 아냐?"

"그렇긴 하지만 워낙 대단한 놈들이라서요."

"결승전이 언제라고 했지?"

"모레 현지 시각 2시부터 시작이라고 했습니다."

"그때 무슨 일들 있나? 별일 없으면 모여서 오랜만에 같이 복싱이나 보지?"

"저, 각하, 저희들은 스케줄이 없는데 방송이 되지는 않을 것 같습니다. 방송사에서 중계 팀을 파견하지 않았다고 합니다."

"뭔 소리냐? 그렇게 중요한 경기에 왜 중계 팀을 파견하지 않았단 말이야!"

"88올림픽 유치에 홍보를 올리느라… 그리고 세계 선수권대회에서 지금까지 좋은 성적을 거두지 못해서 방송사 측이 처음부터 계획하지 않았다고 하더군요."

"이런 병신 같은 놈들, 그거 지금이라도 할 수 없어?"

전두환의 눈꼬리가 올라갔다. 마음에 들지 않는다는 뜻이다.

절대 권력을 가진 그가 화를 냈다는 건 당장 내일 아침 KBS와 MBC가 초토화된다는 걸 의미했다.

하지만 아무리 절대 권력을 가진 자가 화를 냈어도 안 되는 건 안 되는 거다.

"위성 중계를 하려면 시간이 필요합니다. 이제 이틀밖에 없는 상황에서는 불가능한 일입니다."

"에잉, 쯧쯧… 그것참 아쉽구만. 결승전을 봤으면 딱 좋았을 텐데 말이야."

"다음 기회로 미루시죠. 내년 2월 달에 최충일 세계 타이틀전이 벌어진다니까 그때 모여서 진하게 한잔하시는 게 어떻겠습니까?"

"할 수 없지 뭐. 그렇게 해."

결전 전야.

윤 관장이 들고 온 마크 브릴랜드의 시합 영상을 보면서 최강철은 눈을 지그시 오므렸다.

정말 무시무시하게 빠른 놈이었다.

자신 역시 스피드라면 누구 못지않다고 자부했지만 마크 브릴랜드의 스피드는 달리는 표범을 연상시킬 만큼 빨랐다.

그것뿐만이 아니다.

단순히 빠르기만 하다면 괜찮겠지만 마크 브릴랜드의 균형 감각은 탁월해서 어느 순간 어느 각도에서도 펀치가 나왔다.

못 치는 펀치가 없다.

아마추어의 강자들은 스트레이트에 특화되어 있는 경우가 많았으나 마크 브릴랜드는 면도날처럼 예리한 스트레이트와 강한 훅으로 무장되어 있었고 어퍼컷과 복부 공격도 능란했다.

"네 생각은 어떠냐?"

"작전을 짜는 건 관장님 임무잖아요. 그걸 저한테 물으면 어떡해요."

"이 자식아, 네가 언제부터 내 작전을 그렇게 잘 따랐어. 뻑 하면 뻑 사리 내는 놈이 뻔뻔하게 그런 소리가 나와!"

윤 관장이 소리를 빽 지르자 최강철이 배시시 웃었다.

이런 모습만 본다면 영락없이 18살 순수한 청년의 모습이다.

"난 솔직히 말해서 딱 한 가지밖에 떠오르지 않는다."

"뭔데요?"

"놈의 스피드를 죽이지 못하면 승산이 없어. 하지만 다리를 잡으면 해볼 만하다는 생각이 든다."

"복부 공격?"

"귀신같은 놈. 내가 가르쳤지만 넌 타고났다. 정말 대단해."

대답을 들은 윤 관장이 손을 번쩍 들어 최강철의 머리를 마구 헝클었다.

미처 대비하지 못한 상태에서 당한 것이었기에 부리나케 물러났으나 이미 윤 관장은 공격을 끝내고 악마의 미소를 짓고 있었다.

"놈이 워낙 빨라서 타이밍을 잡기는 어려울 거다. 하지만 기회는 있어. 바로 놈이 공격을 감행할 때 카운터로 승부를 보는 거야."

"일단 맞아야겠군요."

"되로 주고 말로 받아내는 방법이지."

"어째 작전이 허술한 것 같은데요. 코치가 선수한테 맞으라고 주문하는 게 어디 있어요?"

"인마, 이것도 비디오를 10번이나 돌려보고 겨우 생각해 낸 거다. 이렇게 짧은 시간에 이 정도로 효율적인 작전을 짜내는 게 어디 쉬운 일인지 알아!"

"그러다가 눈탱이 시퍼렇게 부으면 관장님이 책임질 겁니까?"

"이기기만 해. 계란 한 판 사다가 내가 문질러 줄게."

＊　　　　＊　　　　＊

시간의 흐름이 두렵다.

결승전의 아침이 밝아오자 한국의 스태프진은 팽팽한 긴장 속에 사로잡혀 농담 한마디 꺼내는 사람이 없었다.

특히 김동길의 코치인 박태현과 최강철의 코치인 윤성호의 표정은 비장하기까지 했는데 누군가 말을 붙이면 큰일이라도 낼 것만 같았다.

아침 식사를 먹는 둥 마는 둥 끝마친 일행이 경기장으로 가는 버스에 오르는 순간 그 긴장은 극에 달했다.

하지만 그 긴장을 풀어헤친 사람은 바로 일행을 이끄는 사무장 유광호였다.

그는 버스에 일행이 모두 타자 자리에 앉지 않고 운전석 옆에 서서 좌석 옆으로 올라온 기둥을 잡더니 일장연설을 하기 시작했다.

"이건 시합 끝날 때까지 말하지 않으려고 했는데 내가 너무 입이 가벼워서 도저히 말 안 하고는 못 배기겠다. 동길이하고 강철이가 결승전에 올랐다고 회장님한테 보고했더니 쉽게 믿지 않더라. 목소리가 뭘 잘못 먹었냐는 투였는데 보고를 하는 내가 이상해질 정도였으니 말 다했지. 지금 내가 하는 말이 무슨 뜻인 줄 알아? 그만큼 너희들이 대단한 성과를 거뒀다는 거야. 최소한 은메달은 확보해 놨으니 너희들은 한국 복싱 역사를 새롭게 쓴 사람들이라고. 그러니까 나는 너희들이 결승전에 대한 부담감을 느끼지 않았으면 좋겠다. 좋은 결과든 나쁜 결과가 나오든 우린 최선을 다했잖아. 결승전이라고 뭐 별거 있냐. 지금까지 해왔던 대로 하면 되는 거지. 우리 오늘은 축제에 참석한다고 생각하자. 멋있고도 영광스러운 파티 말이야. 알았어?"

제10장
포효III

경기장의 분위기는 뜨거웠다.

비록 서독 출신이 결승에 오른 것은 헤비급의 쥬르겐 판크레헬이 유일했지만 워낙 복싱 열기가 뜨거웠기 때문에 관중들이 5천 명이나 입장한 상태였다.

대회 주최 측에서 적극적으로 유치한 것도 있겠지만 근본적으로 뛰어난 기량을 보유한 선수들의 결승전을 보기 위해 온 사람들이 대부분이었다.

2시간이나 일찍 도착한 일행은 마지막 작전 회의를 거친 후 가볍게 몸을 풀면서 시간을 보냈다.

긴장된 시간이었으나 몸을 풀면서 땀이 서서히 배어 나오자 천천히 육체가 화살처럼 팽팽하게 당겨지기 시작했다.

이제 사각의 링에 올라 맹수를 사냥할 수 있는 준비가 되었다는 뜻이다.

시합이 진행될 때마다 관중들의 함성 소리가 끊이지 않았다.

결승전답게 체급마다 치열한 난타전을 펼치며 명승부를 연출했기 때문에 관중들의 열기가 뜨거웠다.

이윽고 김동길의 차례가 다가왔다는 걸 들으며 최강철은 몸 풀던 것을 멈추고 의자에 앉았다.

이번에도 그의 시합을 보지 못할 것이다.

그리고 준결승 때처럼 응원을 하기 위해 그의 라커룸에도 가지 않을 생각이었다.

그가 말했다.

전사의 고독은 누가 풀어줄 수 있는 것이 아니라 스스로 극복해야 되는 것이라고.

그 역시 동의했다. 스스로 맹수의 우리에 들어가는 전사에게 응원이란 행동은 부질없는 짓이다.

*   *   *

유광호는 혼자 링 사이드에서 김동길의 시합을 관전하며 이를 악물었다.

사방에서 진동하는 관중들의 함성 소리가 그를 괴롭혀 차라리 눈을 감고 싶었다.

일방적인 경기.

지금까지 해왔던 김동길의 불같은 투지는 가르시아의 압도적인 힘에 밀려 전혀 위력을 발휘하지 못하고 있었다.

가르시아의 스피드와 펀치력은 정말 대단했다.

모스코바 올림픽에서 금메달을 차지했던 전적이 말해주듯 그의 펀치는 그야말로 눈에 보이지 않을 정도로 빨랐다.

경기가 시작되면서 처음 얼마 동안은 팽팽하게 맞섰으나 김동길은 가르시아의 힘에 의해 조금씩 밀리더니 3라운드에 들어와서는 일방적으로 변하고 말았다.

그럼에도 마지막 순간까지 싸우겠다는 김동길의 투혼은 조금도 꺾이지 않았다.

3대를 맞으면 반드시 1대는 돌려주면서 끝까지 가르시아를 괴롭혔다.

하지만 그것이 그가 할 수 있는 전부였다.

유광호는 경기 종료를 알리는 부저가 울리자 안타까운 한숨을 길게 내리쉬었다.

즐기자고, 원 없이 싸워왔으니 후회하지 말자고 이야기했으나 가슴 깊은 곳에서 나오는 아쉬움을 숨긴다는 건 쉽지 않은 일이었다.

예상대로 우승자는 가르시아였다.

점수가 워낙 많이 차이 나서 아쉬움을 표현하기도 어려운 경기였다.

시상식을 마치고 비틀거리며 내려오는 김동길의 발걸음이 천근처럼 무거웠다.

불과 10일 사이에 6경기를 치렀고 워낙 난타전을 거듭했기 때문에 서 있는 것 자체가 힘들어 보였다.

힘들게 걸어 나오는 김동길에게 다가가 유광호는 아무 말 없이 그저 어깨를 크게 벌려 안아주었다.

최선을 다해 싸운 너에게 내가 무슨 말을 할 수 있을까.

고맙다, 김동길. 정말 잘 싸워주었다.

                    *   *   *

안내 멘트에 의해 최강철은 자리에서 일어났다.

김동길의 경기 결과가 궁금했으나 알 방법이 없어 그저 기다릴 뿐이었다.

나가보면 알겠지.

그가 나가는 길에 시합을 마친 김동길이 돌아오고 있을 것이다.

환하게 웃는 모습으로 자신에게 다가올 김동길의 모습을 떠올리며 최강철은 윤 관장과 함께 천천히 라커룸을 벗어났다.

복도를 따라 걸어가자 귀가 먹먹하게 울릴 정도로 관객들이 떠드는 소리가 들려왔다.

시합이 시작되지 않았는데도 관중들은 다음 경기를 기다리며 소리치고 있었는데 실내라 그런지 소음이 증폭되면서 수많은 차가 한꺼번에 경적을 울리는 것처럼 느껴졌다.

예상대로 반대쪽에서 한 무리의 사람들이 걸어오는 게 보였다.

먼저 보인 것은 유광호였고 그 뒤로 코치진이 걸어왔는데 그들의 어깨에는 누군가의 팔이 걸쳐져 있었다.

가까이 갈수록 차갑게 굳어져 있는 사람들의 모습이 눈으로 들어왔다.

그리고 마주쳤을 때 박태현 코치의 어깨에 걸쳐 있는 팔의 주인을 알아볼 수 있었다.

김동길의 얼굴은 엉망으로 변해 있었다.

눈과 코, 그리고 입술까지 성한 곳이 한 군데도 보이지 않았다.

이겨주기를 바랐는데 결국 패배를 한 게 분명했다.

눈이 마주치자 김동길의 얼굴에서 희미한 웃음이 배어 나왔다.

"강철아, 미안하다."

"뭐가요?"

"쪽 팔리게 졌어. 저 새끼 정말 강하더라. 내가 어떻게 해볼 상대가 아니었어."

"괜찮아요. 형이나 나나 언제까지 이길 수는 없는 거잖아요."

"그래도 진다는 건… 정말 싫다. 지고 싶지 않았는데 졌어."

"후회되나요?"

"아니, 후회는 하지 않아. 난 최선을 다해 싸웠으니까."

"그러면 되었어요. 누가 뭐래도 나는 형을 존경합니다."

"그런 소리는 인마, 선생님들한테나 하는 거야. 강철아, 잘해라. 너는 꼭 이겨줘. 알았지?"

"예, 그럴게요."

최강철은 자신에게서 떨어져 등을 보이며 걸어가는 김동길의 모습을 한동안 바라보다가 발걸음을 떼었다.

위로를 했고 그 역시 후회하지 않는다는 말을 했으나 그 등이 더없이 초라해 보였다.

유광호와 국가 대표 코치인 최철환이 멀어져 가는 김동길의 모습을 잠시 바라보다 교대하듯 최강철의 뒤를 따라

왔다.

복도를 통해 스태프들과 함께 경기장 안으로 들어서자 거의 폭탄처럼 커다란 함성이 터져 나왔다.

관중들은 먼저 나타난 최강철의 이름을 연호하고 있었는데 엄청난 기대감을 숨기지 못하고 있었다.

어리둥절한 눈으로 관중들이 내지르는 함성을 고스란히 맞았다.

'도대체 저 사람들은 내 이름을 어떻게 알고 있는 걸까?'

하지만 그가 모르는 게 있었다.

이곳 경기장을 찾은 사람들은 자국 선수가 출전하는 헤비급 경기보다 그가 출전하는 웰터급 경기를 보기 위해 몰려 왔다는 사실을 말이다.

현재 웰터급은 황금기를 맞고 있는 프로 복싱 중에서 가장 인기를 끌고 있는 체급이었고, 마크 브릴랜드와 최강철의 대결에 대해 서독 신문이 이틀 동안 보도했기 때문에 관중들의 시선은 이번 경기에 집중된 상태였다.

천재 복서로 명명되며 화려한 테크닉으로 무장한 마크 브릴랜드, 그리고 동양의 작은 나라 한국에서 날아온 갈색 폭격기, 허리케인 최강철의 대결은 뮌헨의 복싱 팬들을 열광시키기에 충분한 것이었다.

최강철은 경기 진행 요원이 몸과 글러브를 검사한 후 링에 올라 가볍게 몸을 풀며 관중석을 바라봤다.

정말 빈틈없이 관중들로 들어차 있었다.

뜨거운 열기가 체육관을 가득 적시고 있는 게 느껴졌다.

이런 분위기는 처음이다.

텔레비전을 통해 수많은 관중 앞에서 유명한 선수들이 시합하는 걸 봤지만 직접 현장에 서자 묘한 흥분감이 전신을 감싸며 휘돌았다.

*   *   *

더 럼블의 부사장 톰슨은 최강철이 모습을 드러내는 순간부터 그에게서 눈을 떼지 않았다.

그가 이곳에 온 이유는 당연히 마크 브릴랜드 때문이었다.

더불어 각 체급의 우승자들을 면밀히 체크하고 스카우트할 대상을 조사하는 것이 그의 임무였다.

하지만 결국은 마크 브릴랜드 때문에 왔다고 해도 무방하다.

세계 선수권대회라고는 하나 아마추어 복싱의 한계로 봤을 때 더 럼블에 스카우트될 정도의 선수를 찾는 건 호수에 빠진 돌멩이를 찾는 것처럼 어려운 일이기 때문이다.

프로 복싱과 아마추어 복싱의 수준 차는 하늘과 땅만큼 커서 세계 선수권대회 우승자라 해도 프로 무대에 올려놓으면 제대로 버티는 놈들이 없었다.

자질의 문제가 아니라, 환경의 문제였고 프로라는 야수의 세계에 대한 적응력의 문제였다.

3라운드만 소화하는 아마추어 복싱과는 다르게 프로 복싱은 기본적으로 10라운드를 소화할 체력이 뒷받침되어야 한다.

더군다나 커다란 반칙이 아닌 이상 레퍼리가 경기를 중단하지 않기 때문에 아무리 뛰어나도 온실에서 자라온 아마추어 선수들은 잡초처럼 살아온 프로 복서들의 밥이 되곤 했다.

그런 면에서 봤을 때 마크 브릴랜드가 주목받는 건 그만큼 그의 기량이 뛰어나다는 것을 알려준다.

더 럼블이 그를 주목하고 있는 건 온실 속에서 자라왔으나 프로에서 통할 정도의 가공할 스피드와 펀치력, 그리고 테크닉이 있기 때문이다.

만약 그가 프로에 무사히 적응만 할 수 있다면 판타스틱 4로 불리는 헌즈와 레너드, 듀란, 헤글러와 승부를 볼 수 있다는 판단이었다.

다시 말해 성공만 한다면 황금알을 낳는 거위가 될 수 있었다.

톰슨이 최강철은 주목하게 된 것은 마크 브릴랜드의 경기를 보러 왔다가 우연히 브르노와의 경기를 본 후부터였다.

감탄이 나왔다.

적의 약점을 면밀하게 관찰한 후 단박에 목덜미를 뜯어버리는 강렬한 야수의 본능이 최강철의 몸에서 새어 나오고 있었다.

그래서 8강전이 벌어질 때 미리 와서 경기를 관람하기 위해 가장 좋은 링 사이드의 클래스 A석에 앉았다.

단순한 관람이 아니라 최강철의 움직임을 면밀히 관찰하기 위함이었다.

가르곤과의 경기를 보면서 얼마나 즐거웠는지 모른다.

아웃복싱의 정석을 보여준 건 물론이고 인파이터가 아웃복서를 무너뜨리기 위해 쓰는 기술들을 무력화시키는 전술을 보면서 연신 감탄사를 흘려낼 수밖에 없었다.

그러나 가장 충격적인 장면은 경기를 1분 남기고 터졌다.

아웃복싱을 하던 최강철이 마지막 1분을 남기고 몰아붙이는 장면을 아직도 그는 잊을 수가 없었다.

최강철을 보면서 톰슨은 아마추어 복싱이 온실 속의 화초들만 사는 세상이 아니란 걸 느꼈다.

놈은 야수였다.

철저하게 계산해서 먹이를 노리며 야금야금 접근한 후 목덜미를 뜯어버리는 포식자 중 최상위의 맹수 말이다.

즐거웠다.

유능한 스카우터는 천재를 알아본다. 하지만 성공한 스카우터는 맹수를 찾아내서 키운다.

관중들의 심장을 뜨겁게 달굴 줄 아는 맹수야말로 진정한 영웅이 될 수 있기 때문이다.

오늘 결판이 난다.

최강철이 만약 마크 브릴랜드마저 넘어선다면 놈은 확실한 맹수일 것이고 화려한 테크닉에 밀려 찌그러진다면 고양이로 남을 수밖에 없다.

하지만 그의 속마음은 최강철이 이겨주기를 간절히 바라고 있었다.

그에게는 얌전한 천재보다 프로 복싱을 단숨에 휘어잡을 야수가 필요했으니 말이다.

최강철은 맞은편 복도를 통해 다가오는 마크 브릴랜드를 바라보며 글러브를 툭툭 쳤다.

놈은 여섯 명의 스태프들 사이에 끼어 들어오고 있었는데 마치 세계 챔피언이 입장하는 것과 비슷했다.

브릴랜드가 링에 오르는 순간 최강철은 아주 오래 알고 있었던 사이처럼 손을 들어 반가움을 표시했다.

체육관에서 있었던 일을 상기시켜 주기 위함이었다.

어쩌면 아무런 효과도 없을 수 있으나 저놈의 심장이 크지 않다면 조금은 영향을 줄지도 모른다.

"뭐 하냐, 너?"

"환영 인사 하는 거죠."

"인마, 저 자식은 너하고 싸우러 온 놈이야. 미쳤어?"

윤 관장이 최강철의 행동을 바라보며 황당한 표정을 숨기지 못했다.

결승전, 그것도 최강의 적과 상대해야 하는 최강철이 도대체 무슨 마음으로 이런 짓을 하는지 알 수 없다는 얼굴이었다.

하지만 최강철의 얼굴은 태연했다.

"관장님, 저놈하고 체육관에서 부딪친 거 기억하시죠. 거기서 내가 쟤한테 그랬거든요. 다시 반갑게 만날 거라고."

"퍽이나 반갑겠다. 저놈 눈빛 봐라. 저게 반가워하는 눈빛이냐?"

"곧 온순하게 변할 겁니다."

"어이구, 내가 말을 말아야지. 야, 심판이 부른다."

코너 끝에 매달려 있던 윤 관장이 최강철의 등을 떠밀었다.

심판은 양쪽 선수들을 링 가운데로 부르고 있었는데 시합을 시작하기 전에 주의 사항을 주기 위함이었다.

이 시간이 선수들에게는 가장 긴장되는 순간이다. 폭발하기 일보 직전의 뇌관 앞에 서 있는 기분이랄까.

심판의 목소리가 붕 떠서 무슨 소린지 알아들을 수가 없다.

더군다나 흥분한 관중들이 함성을 마구 내질렀기 때문에 그 음성은 허공을 맴돌 뿐이었다.

그랬기에 최강철은 심판의 말을 듣는 둥 마는 둥 하면서 브릴랜드를 향해 입을 열었다.

"마크, 다시 보니까 반갑다. 내가 말했잖아. 우린 다시 만나게 될 거라고. 네 턱이 유리 턱이라고 소문이 나 있더라. 부서지면 큰일이니까 가드 잘 올리고 있어. 알았지?"

최강철의 도발에 마크 브릴랜드는 가소롭다는 웃음으로 대답했다.

역시 통하지 않는 걸 보니 제법 강단이 있는 놈이다.

그런 놈을 향해 마주 웃어주었다.

아무리 그래도 내가 말을 꺼낸 이상 너는 본능적으로 턱을 보호하게 될 거야.

심판의 주의 사항이 끝나는 걸 확인한 최강철이 글러브를 내밀어 브릴랜드에게 인사했다.

하지만 브릴랜드는 비웃음을 남긴 채 자신의 코너로 돌아갔을 뿐이다.

전혀 통하지 않은 줄 알았는데 효과가 없는 건 아닌 모양이었다.

"강철아, 오늘이 마지막이다. 작전대로만 하자. 씨발, 이번에는 정말 내 말 들어야 해. 알겠어?"

"명심하겠습니다."

"너 이 자식, 오늘도 네 맘대로 하면 정말 죽여 버릴 거야!"

대답하지 않았다.

물론 윤 관장이 짜놓은 전략은 훌륭했고 자신 역시 그런 전략을 생각해 놓고 있었다.

그러나 사각의 링은 어떤 일이 생길지 모르는 곳이다.

더불어 윤 관장은 자신이 어떤 신체 능력을 가지고 있는지 몰랐기 때문에 작전 수립에 한계성이 있었다.

공이 울리고 링의 중앙으로 나가자 브릴랜드의 레프트 잽이 갑작스럽게 송곳처럼 날아왔다.

커팅할 새가 없다.

얼마나 빠른지 초감각의 운동신경이 아니었다면 정통으로 얻어맞을 뻔했다.

최강철은 온몸에서 일어나는 소름을 느끼며 천천히 한 발자국씩 전진하기 시작했다.

처음부터 인파이팅을 펼쳐 브릴랜드의 스피드를 압박하는 전술이었다.

자신은 초인이 아니라 인간의 범주에서 최상위의 능력을 받았을 뿐이다.

루시퍼가 엄청난 체력과 운동신경을 선물했지만 방금 브릴랜드의 왼손 잽을 보면서 이 세상에는 인간의 범주를 뛰어넘을 만큼 압도적인 재능을 가지고 있는 자들이 존재한다는 것을 느꼈다.

최강철이 다가서자 거리를 확보하기 위한 브릴랜드의 레프트 잽이 무시무시한 속도로 날아왔다.

잽을 커팅하고 돌진하기에는 브릴랜드의 스텝이 너무 정교했고 감춰두고 있는 오른손이 눈에 거슬렸다.

최강철은 위빙과 더킹, 그리고 스토핑까지 구사해서 레프트 잽을 피하며 브릴랜드의 스텝을 유심히 관찰했다.

놈은 자신의 왼쪽으로 돌고 있었는데 그가 가르곤에게 펼쳤던 전술과 유사했다.

다른 것이 있다면 보폭이 크다.

브릴랜드는 왼발 축과 오른발 앞축 간의 간격을 최대한 벌려놓은 상태에서 연속으로 레프트 잽을 던지며 돌고 있었다.

아웃복싱의 전형.

상대가 돌진해 들어올 경우, 균형을 유지하면서 카운터 블로우를 날리기 위해 보폭을 넓혀놓은 것이 틀림없었다.

선제공격을 하지 않았지만 압박 전술을 계속 유지했다.

놈의 오른손이 나오지 않는 이상 위험을 감수하고 들어가는 것은 자살행위나 다름없었다.

엄청난 폭발력을 지닌 폭탄을 숨기고 들어와 주기를 기다리는 적에게 서둘러 접근할 이유가 없다.

더 큰 이유는 경기가 시작되자 최강철의 강철 같은 심장과 천재적인 머리가 공조를 이루며 브릴랜드의 약점을 계속해서 관찰하고 있었기 때문이다.

먼저 공격을 시작한 것은 브릴랜드였다.

자신의 레프트 잽을 피하면서 같은 레프트 잽으로만 응수하는 최강철의 소극적인 태도에 서서히 짜증이 난 게 분명했다.

브릴랜드의 레프트 잽이 칼날같이 예리했다면 최강철의 잽은 화살처럼 날카로웠다.

그랬기에 최강철도 몇 대 맞았지만 그 역시 안면이 몇 차례 흔들렸다.

위잉.

머리를 슬쩍 옆으로 젖혀 레프트 잽을 피하는 순간 브릴랜드의 라이트스트레이트가 번개처럼 날아왔다.

아니다.

라이트스트레이트는 페이크였고 진짜 공격은 레프트 보디였다.

대구경 전선줄에 만 볼트 전류가 흐르는 소리.

브릴랜드의 스트레이트가 귓전을 스쳐 지나며 뿜어낸 것이다.

최강철은 전진 스텝을 멈추고 감각적으로 오른쪽 팔을 내려 암 블로킹으로 옆구리를 막은 후 곧바로 가상의 지점을 향해 레프트 훅을 날렸다.

정확한 타격이 이루어지지 않았지만 자신이 스텝으로 빠져나가지 않았기 때문에 옆구리에 펀치가 얹힌 이상 후속 공격이 예상되었기 때문이다.

그의 레프트 훅은 접근 경로로 파고드는 브릴랜드의 안면을 노린 것이었다.

하지만 자신의 레프트 훅은 허공을 가르며 지나갔을 뿐이었다.

영리한 놈.

반격까지 감안해서 콤비 블로우를 생략한 후 놈은 멀찍이 떨어진 곳에서 또다시 레프트 잽을 날려오고 있었다.

후후… 재밌다. 그리고 자신에게 당한 가르곤의 심정이 이해가 갔다.

브릴랜드의 스텝은 한 마리 우아한 백조를 연상시켰다.

좌우로 움직이는 사이드스텝은 물론이고 공격 시의 전진 스텝은 언제나 적의 반격을 고려해서 체중이 정확하게 양발 축에 배분되어 균형을 이루었다.

최강철이 공격을 받아내고 반격을 가하는 순간 지체 없이 후퇴할 수 있는 것도 바로 그 이유 때문이었다.

서두르지 않았다.

어차피 놈은 스스로의 스피드를 자만해서 치고 빠지는 작전을 펼칠 것이기에 먹이를 노리는 것처럼 최대한 많이 움직이도록 몰고 나갔다.

최강철의 공격이 본격적으로 시작된 것은 1라운드 중반이 넘기 시작할 때였다.

판단이 섰고 행동이 뒤를 이었다.

이대로라면 1라운드는 놈이 원하는 대로 끝날 것이고 그것은 최강철이 원하는 바가 절대 아니었다.

브릴랜드의 계속되는 단발 공격을 멈추게 하는 방법은 결국 놈의 정신을 흔들어놓을 만큼 강력한 공격밖에 없다는 결론이 나왔다.

그리고 그 시작은 원거리에서 묵직하게 날아온 좌우 훅을 피한 후였다.

더킹으로 훅을 피한 최강철의 몸이 백 미터 육상 선수처럼 브릴랜드의 몸통을 향해 진격했다.

그런 후 번개처럼 좌우 스트레이트를 터뜨렸다.

처음부터 맞을 거란 예상은 하지 않았다. 그리고 결과도 예상했던 것처럼 나타났다.

브릴랜드가 넓은 보폭을 이용해서 급히 빠져나갈 때가 바로 함정을 놓고 기다렸던 순간이다.

껑충 뛰며 뒤로 물러서는 백스텝을 따라 최강철의 전진 스텝이 곧바로 따라붙었다.

그러자 위기를 느낀 브릴랜드의 스트레이트와 양 훅이 사정없이 뿜어져 나왔다.

그래, 진즉에 이랬어야지. 이게 바로 내가 원하던 거야.

큰 펀치는 피하고 작은 펀치는 맞았다.

브릴랜드의 복부에 충격을 주기 위해서는 숏 훅이나 레프트 잽은 맞아줄 필요성이 있었다.

최강철의 라이트 훅이 브릴랜드의 옆구리를 훑고 나온 것은 적의 레프트 쇼트를 맞고 난 후였다.

아쉽다. 주먹 끝의 감각이 스쳐 맞았다는 것을 알려주고 있었다.

한번 공격을 시작하면 그냥 멈추지 않았다. 끝까지 파고들어 한 방이라도 맞춰야 연타를 멈췄다.

난타전이 벌어질 때마다 뒤로 물러나는 것은 브릴랜드였다.

최강철의 공격 타이밍에 맞춰 거의 10여 발의 콤비네이션 펀치를 뿜어냈는데, 공격을 끝내고 나면 긴 다리를 이용해서 사정없이 전권에서 물러났다.

그런 브릴랜드를 추격하며 최강철은 여지없이 받은 걸 돌려주었다.

세계 최고의 스피드를 가졌다고 하지만 최강철의 스피드는 그에 못지않았기 때문에 여지없이 한 방씩 허용했다.

최강철의 공격은 장담한 것처럼 턱을 집중적으로 노렸다.

유리 턱이란 도발이 농담 아니라는 걸 보여주기라도 하듯 그의 전광석화 같은 펀치들은 모두 안면에 집중되었다.

많은 체력을 요구하는 방식이었으나 최강철은 그런 공격을 멈추지 않았다.

난전이다.

브릴랜드가 빠른 스피드를 이용해서 아웃복싱을 펼치고 있었지만 최강철의 대시가 워낙 강렬했기 때문에 오고 가는 주먹이 한 번 부딪칠 때마다 20여 차례나 되었다.

"와아, 와아!"

어느새 관중들의 입에서 함성 소리가 새어 나오고 있었다.

아직 의자를 박차고 일어나지는 않았으나 조금만 더 경기

142 기적의 환생

가 격화되면 금방이라도 일어날 기세였다.

소문난 잔치에 먹을 게 없다는 말은 두 선수에게 해당되지 않았다.

복싱을 모르는 사람은 상대가 공격할 때 맞받아치면 되지 않느냔 생각을 가진다.

바로 카운터블로우다.

그러나 카운터블로우는 상대의 펀치가 무뎌졌을 때 위력을 발휘할 수 있을 뿐 지금의 브릴랜드처럼 칼날같이 예리한 펀치 앞에서는 자실행위나 다름없었다.

생각해 보라.

자신의 안면을 노리고 번개처럼 날아오는 펀치를 피하기 위해서는 전력으로 방어 기술들을 펼쳐야 하는데 언제 피하면서 때린단 말인가.

그래서 반격을 하기 위해서는 맞아줘야 한다는 거다.

윤 관장이 브릴랜드의 공격 시 복부를 노리란 말을 한 것은 치명타가 아닌 이상 공격을 흡수하면서 같이 때리라는 말이었다.

관중들의 눈으로 봤을 때는 엄청난 난타전으로 보였겠지만 막상 내용을 들여다보면 1라운드는 철저한 탐색전이었다.

펀치를 맞춘 횟수는 브릴랜드가 많았다. 실제로 점수도 그가 몇 점씩 앞설 정도로 유효타가 많았다.

하지만 관중들은 그 누구도 최강철이 밀리는 경기를 했다
고 생각하지 않았다.

1라운드 내내 거칠게 브릴랜드를 압박해 들어간 최강철의
인파이팅은 관중들을 흥분의 도가니로 몰아넣기에 충분했다.

"강철아, 잘했다. 눈 괜찮냐?"

"괜찮아요. 잘 보입니다."

윤 관장이 부풀어 오른 왼쪽 눈을 얼음으로 찜질하며 물어
오자 최강철이 입맛을 다셨다.

방어만 생각했다면 맞지 않아도 될 펀치들을 미끼를 물게
만들기 위해 여러 대 맞았기 때문에 왼쪽 눈이 조금 부어올랐
던 것이다.

"이제 슬슬 시작해도 될 것 같다. 저 자식, 큰소리 빵빵 치
고 있지만 내가 봤을 때는 겁먹은 게 분명해. 원래 두려운 놈
은 액션이 큰 편이거든. 네 펀치가 얼굴 근처에만 가도 미친놈
처럼 도망가잖아."

"그러다 이 모양 됐잖아요. 경기 끝나면 즉시 문질러야 하니
까 계란 꼭 준비해 두세요."

"알았다, 이 자식아!"

2라운드 공이 올리는 순간 최강철은 링의 중앙으로 나가면

서 지체 없이 라이트 롱 훅을 날렸다.

파앙!

얼마나 강력했는지 브릴랜드가 소스라치게 놀랄 정도였다.

역시 노린 곳은 턱.

브릴랜드가 급히 물러서며 잽을 날려오자 최강철이 하얀
웃음을 지었다.

그러고는 곧장 전진 스텝을 밟았다.

모든 공격의 선봉은 언제나 레프트 잽이다. 브릴랜드도 마
찬가지고 최강철도 그렇다.

최강철이 불쑥 전진하자 브릴랜드가 1라운드와 똑같은 패
턴을 구사하며 레프트 잽에 이은 라이트스트레이트와 양 훅
을 날려왔다.

절대 한자리에 있지 않는다.

언제나 스텝을 변화시키며 펀치를 날리기 때문에 따라잡기
가 무척이나 어려웠다.

더군다나 놈은 도망갈 준비가 항상 되어 있었다.

펀치를 피하며 꾸준히 전진했다.

링이 좁다. 워낙 두 선수가 빠르게 이동했기 때문에 링을
한 바퀴 도는 데 5초도 걸리지 않았다.

최강철의 눈이 번쩍 빛난 것은 브릴랜드의 스텝과 던져온
레프트 잽이 미세한 불균형을 이루었을 때였다.

직감상 이런 상태에서 연속 공격은 불가능에 가깝다는 게 느껴졌다.

더킹으로 고개를 슬쩍 내렸던 최강철의 주먹이 불을 뿜으며 브릴랜드의 왼쪽 옆구리를 향해 날아갔다.

빠악!

걸렸다.

자신의 주먹에 닿은 감촉은 너무나 신선해서 살아서 팔팔 뛰어오르는 생선을 잡아먹은 기분이었다.

옆구리가 라이트 훅에 걸리는 순간, 강력한 레프트 스트레이트를 안면으로 쐈다.

하지만 브릴랜드는 이미 거기에 없었다.

인상을 슬쩍 찡그리고 있었지만 아직 스텝이 팔팔하게 살아 있던 브릴랜드는 옆구리를 가격당하자마자 백스텝을 밟고 2m나 후퇴한 상태였다.

아, 그 새끼. 정말 피곤하게 만드는구만.

당황스럽지, 당황스러울 거야.

아마, 지금쯤 오른쪽 옆구리에 묵직한 통증이 생겼을 거다.

하지만 이제 시작이야.

최강철은 물러난 브릴랜드를 향해 더욱 빠르게 접근했다. 놈을 쓰러뜨리지 못하면 질 가능성이 농후했다.

점수 위주의 전략을 짜서 나온 놈에게 거리를 주고 시간을 준다는 것은 패배를 자초하는 길이었다.

선택은 오직 하나.

놈이 아웃복싱을 하지 못하도록 거칠게 몰아붙이는 것뿐이다.

좌우 스트레이트를 연사시킨 최강철은 브릴랜드가 더킹으로 피하며 뒤로 빠지는 걸 보면서 와락 달려들어 놈의 몸통을 붙잡았다.

그런 후 몸통을 후방 2m쯤에 있던 로프로 강하게 밀었다.

가르곤이 자신에게 썼던 수법이다.

다른 점이 있다면 가르곤의 펀치와 스피드, 그리고 콤비네이션 블로우의 능력이 자신보다 떨어진다는 것뿐이다.

브릴랜드의 눈이 당황함으로 물드는 걸 보면서 최강철의 양 훅이 얼굴을 향해 쏘아졌다.

상대가 더킹으로 피했으나 최강철은 여기서 그만둘 생각이 없었던지 곧장 스트레이트와 숏 훅, 어퍼컷까지 10여 발의 콤비 블로우를 터뜨렸다.

로프에 몰린 브릴랜드가 사이드스텝으로 빠져나오려 했으나 최강철의 펀치는 그것을 용납하지 않았다.

결국 난타전이다.

위빙과 더킹으로 피하며 브릴랜드의 펀치들이 속사포처럼 날아오기 시작했다.

마주 선 상태에서의 싸움은 누구에게도 지지 않는다.

브릴랜드의 펀치도 빨랐지만 최강철의 펀치도 그에 못지않았다.

때리고, 맞는다.

브릴랜드는 로프에 등을 기댄 게 아니라 정확하게 균형을 유지한 상태에서 펀치를 날려왔기 때문에 위력이 조금도 줄지 않았다.

그러나 최강철은 브릴랜드의 펀치를 무시하고 자신의 콤비 블로우를 마음껏 터뜨렸다.

결국 후퇴를 하면서 로프를 벗어난 것은 브릴랜드였다.

왔다!

사이드스텝을 이용해서 빠져나가는 브릴랜드의 비어 있는 옆구리가 마치 보름달처럼 보였다. 그랬기에 최강철은 이전 보디 공격으로 충격받았던 놈의 옆구리를 향해 라이트 훅을 쑤셔 박았다.

빠악!

또 들어갔다.

옆구리를 얻어맞은 브릴랜드의 얼굴이 이번에는 눈에 띌 정도로 일그러지는 게 보였다.

그럼에도 사이드로 돌아 나간 브릴랜드는 곧장 레프트 잽에 이은 강력한 원투 스트레이트로 반격을 가해왔다.

좋아, 마음에 들어.

반격을 해온 브릴랜드는 지금의 상황을 정확히 이해하지 못한 게 분명했다.

나는 말이지. 지금 너에게 체력전을 걸고 있는 거야. 네가 도망만 다니면 곤란했는데 이렇게 펀치를 날려오다니 고마워 죽을 지경이다.

최강철은 독일 탱크처럼 무차별적으로 진격했다.

펀치를 날리고 피하는 순간 몸통으로 들이박아 균형을 무너뜨리고 놈을 로프로 몰아넣었다.

링 코너였으면 더할 나위 없었으나 브릴랜드는 그것만큼은 필사적으로 뿌리쳤다.

또다시 시작되는 펀치 샤워.

맞는 것은 두렵지 않다. 오직 내가 원하는 것은 너의 미친 듯한 스피드를 죽여놓는 것뿐이다.

브릴랜드의 왼쪽 가드가 어중간하게 내려왔다.

두 번의 복부 공격에 의해 충격을 받았기 때문에 자신도 모르게 내려온 것 같았다.

그러나 그것은 치명적인 실수다.

정상적인 가딩이었으면 뚫지 못했겠지만 10㎝ 정도 내려온 가드를 뚫고 안면을 강타하는 것은 어렵지 않은 일이다.

연타를 퍼붓던 최강철의 왼쪽 훅이 브릴랜드의 오른쪽 관자놀이에 정확하게 꽂혔다.

비틀.

브릴랜드가 충격을 받고 로프에서 벗어나기 위해 안간힘을 기울였다.

그때 최강철의 왼쪽 훅이 이번에는 그의 반대쪽 옆구리에 틀어박혔다.

코너로 돌아온 최강철에게 윤 관장은 마구 물을 뿌린 후 수건으로 꼼꼼히 닦아줬다.

땀이 비 오듯 흐르고 있었지만 체력은 아직도 멀쩡하다.

"강철아, 저놈 충격받은 게 확실해. 몸이 눈에 띄게 느려졌어."

"그래도 빨라요. 스피드 하나는 완전히 타고난 놈입니다."

"아직 점수가 뒤지고 있다. 이번에 끝내지 못하면 질 수도 있어. 힘들더라도 더 밀어붙여야 해."

"저놈 눈이 이제 많이 순해졌어요. 내가 말했잖아요. 얌전한 강아지 눈처럼 만들겠다고."

"이 자식아, 그런 소리는 나중에 하고 경기에나 집중해. 5점이나 뒤져 있으니까 하다가 정 어려우면 점수도 신경 써. 내 말 무슨 뜻인지 알지?"

"걱정 마세요. 판정으로는 절대 안 갈 겁니다."

작정하듯 말하고 몸을 일으키자 윤 관장이 거품을 물면서 소리를 고래고래 지르는 게 들렸다.

그는 점수에 신경 쓰라며 거듭 소리를 쳤지만 최강철은 귓전으로 흘려들으며 링 중앙으로 나오는 브릴랜드를 향해 다가갔다.

윤 관장의 말대로 스피드가 떨어진 건 사실이다.

2회전 내내 전력으로 밀어붙였기 때문에 잠시도 쉴 틈이 없었고 복부를 맞으면서 다리가 서서히 균형을 잃어가고 있는 게 분명했다.

복부를 맞으면 온몸에 힘이 주욱 빠지며 다리에 힘이 들어가지 않는다.

장기에 손상을 받기 때문이다.

브릴랜드는 끊임없이 공격하는 최강철을 질린 눈으로 바라보고 있었다.

정말 대단하다.

거의 자신과 비슷한 스피드를 유지하면서 6분 동안 미친놈처럼 날뛰는 걸 직접 경험하자 서서히 두려움이 몰려오기 시작했다.

그럼에도 브릴랜드는 최강철이 공격을 감행해 오자 선제공격으로 번개같이 좌우 스트레이트를 날렸다.

공격해 오는 자가 마음껏 들어오게 만든다는 건 경기를 포기하겠다는 것과 마찬가지 일이다.

최강철은 사이드로 빠지며 속사포처럼 터뜨린 스트레이트를 왼쪽 어깨로 받아낸 후 그대로 브릴랜드의 몸통을 향해 뛰어들었다.

같은 방법.

하지만 이번에는 브릴랜드의 대처가 달랐다.

그는 마치 기다리기라도 했다는 듯 전진 스텝을 밟아온 최강철을 향해 물러서지 않고 어퍼컷과 양 훅을 연사시켰다.

이것 역시 가르곤의 돌진을 깰 때 최강철이 쓰던 수법이었다.

하지만 그건 브릴랜드가 저지른 최악의 실수 중 하나였다.

내가 가르곤에게 물러서지 않고 선제공격을 펼쳤던 것은 충분한 자신이 있었기 때문이지만 넌 아니야.

너는 조금이라도 더 살고 싶었다면 도망갔어야 했어.

암 블로킹으로 어퍼컷을 제지하고 연이어 들어온 숏 훅을 맞아준 후 번개 같은 좌우 스트레이트를 터뜨렸다.

이미 스텝이 멈춘 상태였기 때문에 도망갈 곳도 없었다.

콰앙, 콰앙!

아마 브릴랜드의 고막에는 지진이 터지는 소리가 들렸을 것이다.

강력한 스트레이트에 당한 브릴랜드의 신형이 휘청거리더니 그대로 주저앉았다.

그때 중간으로 끼어들어 온 레프리가 최강철의 접근을 막고 코너로 가라는 지시를 내린 후 카운터를 세기 시작했다.

거대한 함성.

브릴랜드가 쓰러지자 이미 일어나 있던 관중들이 열광을 터뜨렸다.

누구를 응원하기 위한 것이 아니다.

사막을 휩쓰는 전사들처럼 한 치도 물러서지 않고 3라운드 내내 부딪쳤던 두 사람에게 보내는 경의의 표시였다.

브릴랜드는 카운터 6에 일어나 머리를 흔들며 정신을 차리기 위해 노력했다.

그냥 끝날 거란 생각은 하지 않았다.

이놈의 12온스 글러브는 너클파트 부분에 솜을 얼마나 넣어놨는지 정확하게 때려도 대미지가 그리 크지 않다.

레프리가 다시 경기를 시작하라는 사인을 보내자 최강철은 급작스럽게 브릴랜드의 품으로 파고들었다.

이미 브릴랜드의 다리는 잡혀 있는 상태였다.

복부의 충격이 가시지 않은 상태에서 뇌에까지 손상을 입었으니 이전처럼 다리가 움직인다는 건 있을 수 없는 일이다.

화려하고, 지독하며, 폭발적인 최강철의 연타가 브릴랜드의 전신을 두들기기 시작했다.

가드를 잔뜩 올린 채 후퇴하기 위해 몸부림을 쳤지만 한 번 시작된 최강철의 허리케인 샷은 멈출 줄을 몰랐다.

얼굴을 노리다 가드가 올라가면 복부를 사냥했다.

퍽, 퍽!

가드를 내리면 또다시 안면이 노출된다는 걸 알면서도 브릴랜드는 어쩔 수 없었을 것이다. 연속으로 복부를 두들기자 얼굴이 일그러진 브릴랜드의 가드가 밑으로 자연스럽게 쳐졌다.

브릴랜드, 내가 분명히 말했지.

네 턱은 유리 턱이라 가드 바짝 올려야 한다고.

안면이 노출되는 순간 가공할 파괴력을 장착한 최강철의 미사일 훅이 연속으로 날아갔다.

첫 방은 맞혔지만 나머지는 허공을 갈랐다.

아직 정신이 남아 있는 브릴랜드가 머리를 제쳐 간신히 피하는 걸 보며 최강철이 마우스피스를 드러냈다.

너는 그냥 맞고 쓰러지는 게 차라리 좋았을 거야.

최강철은 이제 브릴랜드의 펀치를 피하지 않고 그대로 맞으며 전진했다.

계속되는 복부 공격.

좌우 훅이 옆구리를 때렸고, 어퍼컷이 올라가며 명치를 공략했다.

그리고 가드가 내려오면 여지없이 안면을 사냥했다.

인파이팅의 정수.

상대의 반격조차 허락하지 않는 폭발적인 대시. 브릴랜드는 잔뜩 웅크린 채 도망가느라 정신이 없을 정도였다.

정해놓은 장소, 정해진 시간.

브릴랜드가 그렇게 피하고 싶어 했던 코너에 처박힌 것은 경기를 1분여 남겼을 때였다.

코너에서 빠져나오기 위해 몸부림치는 브릴랜드의 모습은 사자의 덫에 포위된 채 살려달라고 애원하는 산양의 모습을 닮았다.

애처롭다는 것은 약자가 가진 최고의 무기였으나 최강철은 브릴랜드를 전혀 약자로 보지 않았다.

브릴랜드는 지금까지 아마추어 복싱계를 호령하며 군림했던 강자였고 차기 세계 챔피언으로 거론되던 히어로였다.

강철 같은 심장이 작동되었다.

코너에 몰아넣은 이상, 적의 반격 의지를 완벽하게 무너뜨릴 수 있는 정교하고도 강력한 펀치가 필요하다.

복싱 해설을 듣다 보면 골라서 때린다는 말이 있다.

공격자가 빈틈을 확인하면서 철저히 목표한 곳을 타격한다는 뜻이었다.

최강철이 그랬다.

코너에 몰린 채 허우적거리는 브릴랜드의 펀치를 받아주며 안면과 복부 주변을 사정없이 가격했다.

관중들의 함성은 들리지 않았다.

지금쯤 관중들은 모두 일어나 미친 듯이 소리를 지르고 있겠지만 상대를 쓰러뜨리기 위해 정신을 집중시킨 최강철에게는 태풍의 눈 속에 나타나는 고요처럼 무한한 정적만이 남았을 뿐이다.

최강철의 폭풍 펀치는 잠시도 쉬지 않고 화살처럼 날아가 브릴랜드의 전신을 타격했다.

비틀비틀.

브릴랜드가 술 취한 사람처럼 비틀거리기 시작한 것은 견고한 가드를 뚫고 십여 발의 펀치가 작렬한 후부터였다.

쓰러져라!

코너에 브릴랜드를 몰아넣은 후 빠져나가지 못하도록 강타와 연타를 번갈아 때리며 기회를 엿보던 최강철이 회심의 어퍼컷을 터뜨렸다.

그야말로 토네이도 펀치.

각도를 틀며 거의 구십 도로 치고 올라간 어퍼컷이 정확하게 브릴랜드의 턱에 적중되었다.

덜컥.

브릴랜드의 턱이 45도로 치켜졌다가 떨어졌다.

그런 후 고개를 떨구며 캔버스로 길게 쓰러졌다.

최강철은 라이트 어퍼컷이 정확하게 꽂히는 순간 길고 긴 이 전쟁이 끝났다는 것을 직감했다.

심판이 도착하기 전에 이미 뒤로 물러나 두 손을 번쩍 치켜들었다.

일어서지 못한다.

정신을 잃어버린 복서는 더 이상 움직이지 못하는 법이니까.

심판이 경기를 중단시키고 급하게 닥터를 부르는 걸 보면서 링 중앙에 서 있던 최강철이 길고 긴 포효를 터뜨렸다.

내가 이겼다. 바로 내가…….

윤 관장이 뛰어들었고 곧이어 유광호와 국가 대표 코치진이 링을 향해 100m 육상처럼 뛰어오는 것이 보였다.

그들의 품에 안겨 웃었다.

몸집이 작은 윤 관장 대신 최철환 코치가 목말을 태우는 순간 그때서야 폭풍처럼 체육관을 휩쓰는 관중들의 환호 소리가 들려왔다.

"최강철, 최강철, 최강철!"

그를 부르는 소리다.

향후 세계 복싱계를 휩쓸어 버릴 허리케인 최강철에 대한 경의.

그 경의의 함성을 온몸으로 받으며 최강철은 최철환 코치의 등에 걸터앉아 다시 한번 두 손을 번쩍 들며 체육관이 떠나가도록 고함을 질렀다.

이것을 바로 승자의 포효라고 부른다.

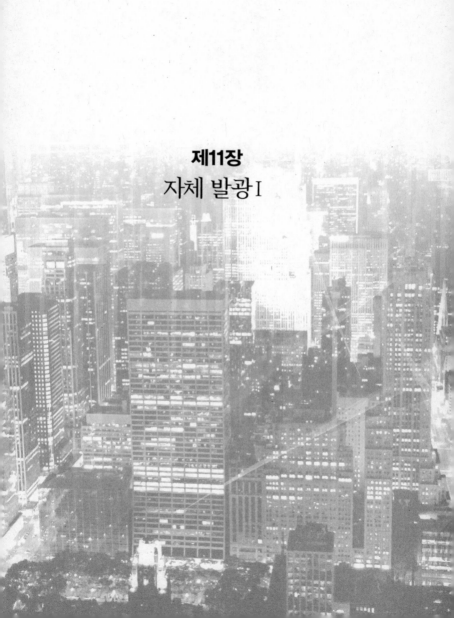

제11장
자체 발광 I

시상식에서 태극기가 올라가는 모습을 바라보며 회한에 젖었다.

처음이자 마지막 눈물일 것이다.

그토록 비참했던 삶을 뒤로하고 이런 영광을 안게 되었다는 사실이 그를 뜨거운 감성에 젖게 만들었다.

태극기가 올라가는 순간 울려 퍼진 애국가의 연주가 웅장했고 아름다웠다.

애국가를 따라 부르는 동안 전생의 일들이 파노라마처럼 머릿속을 스쳐 지나갔다.

다시 한번 다짐했다.

이번 생만큼은 그 누구에게도 머리 숙이지 않을 것이며 전생에서 하지 못했던 영광과 환희를 느끼며 살아갈 것이라고.

유광호도 울었고 자신을 가르쳤던 윤 관장은 특히 통곡을 터뜨렸다.

사람은 너무 좋은 일이 생기면 눈물이 나오는 모양이다.

모든 시상식이 끝나고 라커룸으로 돌아오자 치료를 받고 있던 김동길이 그를 반겨주었다.

"강철아, 고맙다. 넌 정말 대단한 놈이야."

"운이 좋았을 뿐입니다."

"이 자식아, 이럴 땐 우쭐거려도 괜찮아. 세계 최고가 되었는데 뭣 때문에 활짝 웃지 못하냐. 혹시 나 때문이야?"

"아닙니다. 형은 패배자가 아니잖아요. 비록 결승에서 졌지만 제가 봤을 때 형은 최고였어요."

"미치겠네. 넌 어째 볼수록 애 늙은이 같냐."

김동길이 다가와 최강철의 어깨를 끌어당겨 자신의 품에 안았다.

비록 자신은 꿈을 이루지 못했지만 그는 따뜻한 마음으로 아낌없이 최강철의 우승을 축하해 주었다.

그런 두 사람을 윤 관장과 코치진이 흐뭇하게 바라보았다.

동료라는 것.

아무런 사심 없이 축하해 줄 수 있다는 것은 진정으로 서
로를 위하는 마음이 있어야 가능했다.

$$* \qquad * \qquad *$$

유광호는 시상식이 끝나고 일행이 라커룸으로 들어가는 것
을 보면서 미친 듯이 주최 측이 마련해 놓은 국제전화 박스를
향해 달려갔다.

시차가 8시간이나 차이가 나니 지금쯤 한국은 10시가 넘었
을 것이다.

그럼에도 집이 아니라 사무실로 전화를 했다.

복싱 협회 회장은 물론이고 주요 간부들은 사무실에 모여
자신의 연락을 초조하게 기다리고 있을 테니 말이다.

교환이 떠드는 소리가 몇 차례 들린 후, 통화음이 찰칵 들
려왔다.

─여보세요, 유 사무장?

"회장님 접니다."

─어떻게 됐어!

"최강철이 금메달을 땄습니다. 브릴랜드를 때려눕혔어요.
KO로 말입니다. 3라운드 2분 42초 녹아웃입니다."

―그게… 정말이야?

"그럼요. 김동길은 아쉽게 졌지만 강철이가 금메달을 땄으니 복싱 협회에 경사가 났습니다."

―우하하하… 수고했네, 수고했어.

복싱 협회 회장인 남인구가 기쁨에 겨워 마구 너털웃음을 터뜨렸다.

그는 2년 전에 협회장이 됐는데 각종 국제 대회에서 죽을 쑤는 바람에 그동안 가시방석에 앉은 것처럼 좌불안석했다.

―유 사무장, 좀 더 자세하게 말해봐. 시합 내용이 어땠나. 브릴랜드 그 자식은 세계 최고라고 했는데 어떻게 이겼어. 정말 믿겨지지 않는구먼.

"처음에는……."

유광호가 경기 내용을 말하는 동안 협회장은 연신 감탄사를 흘려냈다.

워낙 국제전화 비용이 비쌌기 때문에 오래 통화할 여건이 아님에도 회장은 거의 비슷한 질문을 반복하며 유광호를 괴롭혔다.

―자네들 귀국이 모레지?

"예, 그렇습니다. 강철이와 동길이가 부상을 조금 입었지만 귀국하는 데는 문제가 없을 겁니다."

―걔들 고생했으니까 몸보신 확실하게 시켜줘. 돈 걱정 하

지 말고. 알았어?

"그렇게 하겠습니다."

―그리고 들어올 때 애들 광 좀 내놔. 협회 차원에서 환영 행사를 마련해 놓을 테니 말이야.

           *   *   *

윤성호는 저녁을 먹으며 코치진과 함께 얼근해질 정도로 술을 마셨다.

얼마나 기분이 좋았는지 웬만해서는 과음을 하지 않던 그의 혀가 꼬부라질 정도였다.

"내가 말입니다. 저놈을 어떻게 가르쳤는지 아세요. 크윽… 쟤 처음에 왔을 때 완전히 말라비틀어진 멸치 같았다니까요."

영웅담이다.

세계 선수권대회, 그것도 황금 체급이라는 웰터급에서 차기 세계 챔피언으로까지 거론되었던 브릴랜드를 꺾고 자신의 제자가 챔피언에 등극하자 그의 입에서는 지금까지 있어왔던 일들이 주절주절 끊임없이 흘러나왔다.

그럼에도 유광호를 비롯해서 사람들은 그의 이야기를 끊지 않고 계속 듣고 있었다.

궁금했기 때문이다.

갑자기 혜성처럼 나타난 괴물.

웰터급의 신성에서 벗어나 세계를 재패한 최강철의 이야기를 그들은 처음 듣는다.

식사 자리가 파할 때까지 최강철은 자리를 왔다 갔다 하며 윤 관장을 기다렸다.

술에 취했으니 자신이 숙소까지 돌봐야 한다는 생각 때문이었다.

결국 최강철은 윤 관장을 등에 업고 버스에 올랐다.

그만큼 윤 관장은 술에 취했는데 그에게 업어달라고 떼를 써서 어쩔 수 없었다.

그와는 한 방을 썼기 때문에 버스에서 내릴 때도 업어서 침대로 데려왔다.

무겁지는 않았다.

복싱 선수 출신이었고 후배들을 양성하는 체육관의 관장이었으니 몸매 하나는 여전히 잘빠져 군살이 없다.

윤 관장은 업힌 채 최강철의 귀를 잡아당기기도 했고 양발로 허리를 붙잡으며 응석을 부리기도 했다.

웃음이 나왔으나 참았다.

"관장님, 일어나 봐요."

"인마, 나 술 취한 거 안 보여? 일어날 힘 없다."

"취하긴 뭘 취해요, 그것 마시고. 괜히 취한 척하지 말고 일어나요."

침대에 누워 있는 윤 관장의 옆구리를 손가락으로 콕콕 찌르자 석상처럼 누워 있던 그가 결국 자리에서 벌떡 일어나며 최강철을 째려봤다.

"이 자식아, 기분 좋아서 지금 한창 느끼고 있는 중인데 꼭 산통을 깨야겠어?"

"안 취한 사람이 취한 사람 흉내 내니까 그렇죠."

"내가 술 취한 건지, 아닌지 네가 어떻게 알아!"

"관장님 주량에 그 정도는 새 발의 피죠. 속일 사람을 속이세요."

"귀신같은 놈. 그래, 뭐. 왜 그러는데?"

"관장님, 우리 미국 갑시다."

"미국? 거긴 왜?"

갑자기 최강철의 입에서 미국이란 말이 튀어나오자 눈을 게슴츠레 뜨고 있던 윤성호의 눈이 두꺼비처럼 커졌다.

전혀 의외의 말이었기 때문이다.

"아까, 더 럼블에서 왔다는 톰슨을 잠깐 봤어요. 내일 시간 내서 한번 만나자고 하더군요."

"그래서?"

"그러자고 했어요."

윤성호의 눈은 이제 완전히 깨어났다.

더 럼블은 그도 알고 있는 세계 최고의 프로모션이다.

복싱 세계에서는 돈 킹이 이끄는 더 럼블을 전설로 치부하고 있는데, 거기에 포함된다는 것은 슈퍼스타로의 고속 성장이 보장되는 지름길이다.

그랬기에 그는 최강철을 향해 바짝 다가섰다.

"널 스카우트하겠다고 하디?"

"그런 말은 아직 안 했습니다. 하지만 뻔한 거 아니겠어요?"

"인마, 넌 아직 학생이야. 혹시… 너 학교를 그만둘 생각이냐?"

"그럴 리가요. 가도 졸업하고 가야죠."

"미리 계약해 둔다고?"

"봐서요. 톰슨이 어떤 조건을 들고 나오나 눈으로 확인해 봐야 결정할 수 있는 거 아니겠어요?"

윤성호의 시선이 급격하게 어두워졌다. 그는 최강철을 자신의 분신이라 생각하는 사람이었으니 막상 품에서 벗어난다고 생각하자 두 눈이 캄캄해졌다.

언젠가는 떠날 것이라 생각했다.

최강철의 무시무시한 재능은 자신의 능력 범위를 훨씬 뛰어넘었다.

더군다나 세계 선수권에서 우승까지 했으니 그 시기가 조만간 찾아올 것이라는 판단을 내리고 있었다.

그럼에도 이렇게 갑자기 제자의 입에서 더 럼블이라는 거대 프로모션의 이름이 나오자 무슨 말을 해야 할지 갈피가 잡히지 않았다.

하지만 곧 마음의 정리가 되었다.

보내준다. 자신이 기른 제자가 우물 안 개구리로 살기를 바라지는 않는다.

극동의 떨거지들이 찾아왔을 때는 불같이 화를 냈으나 더 럼블이라면 상황이 다르다.

제자가 뛰어난 능력을 지닌 후원자를 만나 창공을 훨훨 날 수 있다면 그것만 가지고도 자신은 만족할 수 있었다.

"그런데 나는 왜?"

"같이 가야죠."

"톰슨 만나는 데 말이야?"

"그것도 그렇고 저는 계약 조건에 전담 트레이너로 관장님을 지정할 생각이에요. 그러니까 같이 가야 합니다."

"싫다… 인마."

윤성호의 목소리가 잘게 떨려 나왔다.

이 미친놈.

미국에 가면 날고 기는 트레이너들이 산더미처럼 쌓여 있는데 동네 체육관 관장을 전담 트레이너로 삼겠다는 건 말이

안 된다.

이놈은 분명 지금까지 자신한테 얻어먹은 것 때문에 이런
소리를 하는 게 분명했다.

"왜 싫어요?"

"난 비행기 타면 멀미 나. 그래서 못 가."

"그런 양반이 여긴 어떻게 왔어요. 치사하게 나 혼자 그 먼
땅에 보낼 생각이에요. 정말 그런 겁니까?"

"아니… 이놈이 왜 도끼눈을 치켜뜨고. 너 스승한테 그래도
되는 거냐?"

"톰슨하고 이야기 잘되면 갑시다. 미국 라스베이거스에는
세계 각국에서 몰려온 미녀들이 득실댄대요. 거기서 참한 아
가씨 구해서 관장님도 장가가야죠."

"이 자식아, 난 한국 여자 아니면 결혼 안 해!"

                *   *   *

톰슨은 쟈칼호텔 스카이라운지에서 초조하게 최강철을 기
다리고 있었다.

어제의 경기만 생각하면 저절로 오한이 돈다.

아마추어 최강의 테크니션이라 불리는 마크 브릴랜드가 사
냥개에 쫓기는 토끼처럼 몰리다가 결국 쓰러지는 장면은 그가

죽을 때까지 잊지 못할 정도로 충격적인 것이었다.

아마추어에서 사용하는 12온스 글러브만 아니었다면 승부는 훨씬 일찍 결판났을지 모른다.

그만큼 최강철의 펀치는 기가 질리도록 빠르고 날카로웠다.

경기가 끝나자마자 미친 듯이 달려가 최강철을 만났다.

기회를 봐서 일행이 전부 자리를 비운 사이에 명함을 전해주며 자신의 정체를 밝히고 오늘 여기서 만나자는 약속을 했다.

볼수록 야수의 기운이 철철 넘치는 놈이다.

더 럼블이라는 타이틀을 확인했음에도 놈은 여유 있게 웃으며 만나자는 자신의 제의를 부드럽게 받아들였다.

더군다나 유창하게 영어를 구사했기 때문에 통역이 필요 없을 정도였다.

계약서는 처음부터 만들 생각도 가져올 이유도 없었다.

오늘의 만남은 더 럼블과 최강철의 인연이 얼마나 질긴 것인지 알아보기 위한 자리였지 덥석 미끼를 던지는 자리가 아니었다.

그럼에도 즐겁다. 오랜만에 나타난 새끼 호랑이의 재롱을 볼 생각에 술이 저절로 당겼다.

최강철이 나타난 것은 그가 마티니를 두 잔째 마시고 있을 때였다.

"안녕하십니까, 톰슨 씨. 이분은 저의 트레이너이신 윤성호 관장님입니다."

의문을 나타낼 사이도 없이 최강철이 가볍게 묵례를 한 후 옆에 서 있는 사내를 소개해 왔다.

크큭… 이놈 의리도 있는 모양이다.

"반갑소, 나는 더 럼블의 톰슨이오."

"윤성호요."

아무리 영어를 못해도 그 정도는 알아들었는지 윤 관장이 마주 손을 잡으며 자신의 이름을 말했다.

하지만 거기까지.

윤성호는 처음부터 대화에 끼어들 생각이 없었던지 자리에 앉자마자 맥주를 시키더니 두 사람에게서 시선을 뗀 후 홀짝거리며 마시기 시작했다.

톰슨이 그런 윤성호를 잠깐 바라본 후 최강철을 향해 시선을 돌렸다.

"어제 경기는 정말 화끈했어. 보는 내내 흥분을 가라앉히지 못할 만큼 멋진 경기였네."

"고맙습니다."

"24번의 경기 중 23번을 KO로 이겼더군. 이번 대회에서 미스터 최의 경기는 내가 다 봤네. 서독의 그 멍청이가 도망만

다니지 않았더라도 훌륭한 전적이 깨지지 않았을 텐데 아까
운 일이야."

"사람 일이 마음대로 되는 건 아니죠."

"그건 그렇지."

"이제 본론으로 들어가는 게 어떻겠습니까. 저를 만나자는
이유가 있을 텐데요?"

"스카우터가 최고의 복서를 만나자는 건 뻔한 일이지. 알고
나온 거 아닌가?"

"저를 스카우트하고 싶은 건가요?"

"그렇네."

"계약서는 가져오셨습니까?"

"오늘은 상견례만 하려고 했어. 하지만 자네가 마음의 결정
만 내리면 언제든지 가져오지."

"저에 대해서 얼마나 알고 오셨죠?"

"고등학교 2학년, 18살. 24전 24승 23KO. 각종 수상 경력도
말해야 되나? 집안 형편은 지금 알아보는 중이니까 금방 도착
할 거야."

"중요한 건 알아보지 못하고 오셨군요."

"무슨 소린가?"

"방금 말씀하신 것처럼 저는 아직 고등학교를 졸업하려면
1년 반이란 시간이 필요합니다. 더군다나 우리나라는 남자라

면 3년 동안 무조건 군대에 가야 되죠. 제가 이번 대회에 우 승하면서 군 면제 조건은 해결했지만 아마추어 복싱 쪽에서 5년간 헌신해야 된다는 제약 조건이 있습니다."

"그런 게 있다고?"

"이제 럼블에게 제 조건을 말씀드리겠습니다. 1년 반 후에 계약을 하시죠. 단 제 트레이너는 이분으로 해주십시오. 그리 고 한국 정부 쪽에 아마추어 복싱에서 5년간 썩어야 한다는 제약을 풀어주세요. 그러면 그때 럼블과 좋은 인연을 맺겠습 니다."

"허어……."

"실망하지 않으셔도 될 겁니다. 제 상품 가치가 최고라는 것을 그 1년 반 동안 확실하게 보여 드릴 테니까요."

＊　　　　＊　　　　＊

스포츠서울의 김도환은 세계 선수권대회에서 최강철이 미 국의 떠오르는 태양 마크 브릴랜드를 꺾고 우승했다는 소식 을 접하자마자 들고 있던 노트를 책상 위에 내동댕이쳤다.

복싱 전문 기자인 그로서는 반드시 따라가서 취재해야 할 대회였다.

그럼에도 그놈의 88올림픽 홍보에 열을 올리느라 데스크에서는 그를 꼼짝하지 못하게 만들어 지금까지 엉뚱한 기사만 써댔다.

복싱 전문 기자보고 경기장 건설 계획과 차기 올림픽 국가의 준비 사항을 취재하라는 게 말이 된단 말인가.

하지만 참았다.

목구멍이 포도청이라고 정권의 눈치를 잔뜩 보고 있는 데스크에서 밀어붙이는 일 가지고 반기를 들었다가는 모가지가 열두 개라도 버틸 재간이 없었다.

하지만 막상 편집부장이 뒤늦게 특집 기사를 만들라며 지랄 발광을 하자 두 눈이 뒤집히고 말았다.

"부장님, 전 서독이 어디 있는지 구경도 못 했어요. 그놈이 어떻게 싸워서 이겼는지 알아야 기사를 쓸 거 아닙니까. 그거야 대충 사기 친다고 해요. 사진은 어쩔 겁니까? 사진 없이 소설만 잔뜩 늘어놓을 수는 없잖아요!"

"김 기자, 지금 나한테 대드는 거야?"

"아이고, 대들긴요. 사실이 그렇다는 거죠."

계급이 깡패다.

불현듯 열이 받아 소리를 질러댔지만 편집부장이 인상을 우그러뜨리며 반격을 가해오자 꼬리를 바짝 말고 목소리를 한껏 낮췄다.

"야, 이 자식아. 우리나라 언론 중에 그 대회를 직접 취재한 놈이 어디 있냐? 조선과 동아가 복싱에 문외한인 특파원을 보낸 게 전부야. 그런 동태 눈깔들이 경기가 어땠는지 제대로 알기나 해. 넌 윤성호하고 안면이 있잖아. 윤성호나 유광호에게 들어보면 현장에 있었던 특파원들보다 더 사실적으로 쓸 수 있어."

"사진은요?"

"우리 좀 센스 있게 살자. 너 저번에 국가 대표 선발전 때 그놈 사진 찍어놓은 거 잔뜩 있잖아."

"그걸로 쓰자고요?"

"그놈 얼굴만 대문짝만 하게 나오도록 만들어. 주변이 나오지 않도록 손질하면 거기가 서독인지 장충체육관인지 독자들이 어떻게 알겠냐."

"대단하십니다."

"내일 돌아온단다. 지금 전화하지 않으면 통화도 안 될 거야. 전화번호 있지?"

"협회에서 받았습니다."

"얼른 해. 우리가 단독으로 취재한 것처럼 특종으로 터뜨려."

"부장님은 왜 신문사에 계시는 겁니까. 밖에 나가면 돈 많이 벌 텐데요."

"무슨 소리냐?"

"사기 치는 기술이 하늘을 찌르잖습니까!"

$$*\qquad\qquad *\qquad\qquad *$$

오늘따라 사무실이 웅성거리는 소리가 밖에서도 들려왔다.

최우용은 일을 마치고 덤프트럭을 주차장에 세운 후 운행일지를 작성하려고 들어가다가 사람들의 웅성거림에 고개를 갸우뚱거렸다.

이 시간이면 사무실은 쥐 죽은 듯 조용해야 했다.

직원들을 관장하는 김근조의 성질머리가 워낙 더러워 일과를 마무리하는 시간은 언제나 적막강산이었기 때문이다.

그가 사무실 문을 열고 들어서자 떠들고 있던 사람들의 눈이 한꺼번에 몰려들었다.

먼저 박수를 치기 시작한 것은 가장 친한 박 반장이었는데 그를 따라 모든 직원이 뜨겁게 박수를 치며 환호성을 질렀다.

너무 놀라 급히 사무실을 확인했다. 어쩐지 김근조의 책상이 자리를 덩그렇게 비운 채 놓고 있는 것이 보였다.

"뭔 일이래요?"

"이 사람아, 자네 아들이 우승했대. 금메달 땄다고!"

"그게… 정말입니까?"

"여기 스포츠 신문에 대문짝만 하게 강철이 얼굴 나왔잖아. '자랑스러운 대한의 건아 최강철, 세계를 제패하다'. 어우, 강철이 이 자식 정말 잘생겼구먼."

"우리 최 씨 전생에 무슨 복이 그리 많아서 이렇게 잘난 아들을 뒀데. 부럽네, 정말 부러워."

옆에서 윤 씨가 거들자 최우용이 뒤늦게 박 반장이 들고 있는 신문을 건네받았다.

거기에 아들의 활짝 웃고 있는 모습이 들어 있었다.

신문에는 아들이 최고의 테크니션이라는 미국 선수를 KO로 꺾고 세계를 제패했다는 기사가 잔뜩 적혀 있었는데 마치 눈으로 본 것처럼 경기 장면들이 세세하게 들어 있었다.

기쁜 소식을 접하게 되자 자신도 모르게 눈물이 핑 돌았다.

어제 결승전이 있었지만 아들에게서 전화가 오지 않았기에 졌다고 생각했다.

국제전화 비용이 엄청 비싸니까 다신 전화하지 말라고 엄포를 놨지만 막상 전화가 오지 않자 밤새도록 한숨도 자지 못했다.

어쩌면 커다란 부상을 당해서 전화조차 하지 못했을 수 있다는 생각이 들자 가슴이 미어져 밥이 목구멍으로 넘어가지 않았다.

그까짓 돈이 뭐라고 아들에게 전화조차 하지 못하게 만들었단 말인가.

이 기쁜 소식을 직접 전하지 못해야 했던 아들의 마음이 떠오르자 기쁨 속에서도 슬픔이 몰려왔다.

애비가 못나서 그렇다.

모든 것은 이렇게 잘난 아들을 제대로 뒷받침해 주지 못한 애비 탓이다.

"최 씨, 당신 아들이 내일 돌아온다는데 가봐야지. 어쩌면 카퍼레이드 할지 모른다는데."

"그려그려. 당연히 가봐야지. 맴 같아서는 우리도 가보고 싶은데 최 씨는 오죽하겠어. 내일 휴가 내고 댕겨오랑께."

"암만, 그려야지."

박 반장이 먼저 운을 뗐고 나머지 사람들이 맞장구를 쳤다.

당연히 가고 싶었다. 그랬기에 웃는 낯으로 사람들을 향해 그러겠다며 고개를 끄덕여 주었다.

김근조가 문을 벌컥 열며 들어온 것은 직원들이 와자지껄하게 웃으며 최우용을 향해 한턱내라고 협박할 때였다.

"뭐야, 또. 이 사람들이 내가 잠시 자리만 비우면 이 모양이야. 박 반장, 이번엔 또 뭐요!"

"김 주사님, 우리 사무실에 경사가 생겼어유. 최 씨 아들이 세계 선수권대회에서 우승했다네요."

박 반장이 눈치를 보면서 최강철의 사진이 대문짝만 하게 나온 신문을 건네주었다.

그러자 김근조가 획 낚아챈 후 대충 읽어보더니 탁자에 집어 던지며 신경질적인 반응을 보였다.

"이게 사무실 경사요? 최 씨 아들이 복싱 경기에서 우승한 게 뭐가 그리 대수라고 사무실 경사란 말을 해. 틈만 나면 이상한 소릴 하고 있어. 뭐 해요, 운행 일지 안 쓸 거요!"

아무리 생각해도 김근조는 성격이 개차반이다.

웬만하면 축하 인사라도 건네련만, 그는 사나운 눈초리로 직원들을 자리에 돌아가게 만든 후 중앙 탁자에 있는 의자를 끌어당겨 감시하듯 앉았다.

그런 김근조의 눈치를 보면서 최우용이 슬금슬금 다가갔다.

때가 아니라는 걸 알지만 지금 말하지 못하면 내일 휴가 가겠다는 말을 할 새가 없었기 때문이다.

"저기, 김 주사님……."

"뭐요?"

"우리 아덜이 내일 귀국한다고 해서요. 그래서 말인데… 내일 하루 휴가를 내면 안 되겠남유."

"아들 귀국한다는데 휴가는 왜?"

도끼눈을 부릅뜨는 김근조의 태도에 말문이 막힌 최우용이 한숨을 길게 내리쉬었다.

그때 용기를 낸 박 반장이 거들고 나왔다.

"그래도 금메달을 따고 오는 아들인데 마중은 해야지유. 웬만하면 하루 휴가 주시는 게 좋을 것 같은디유."

"어허, 이 사람들이 정말. 곧 청에서 추계 검열 나온다는 거 알아, 몰라? 이렇게 바쁜 때 휴가를 간다는 게 말이 된다고 생각해? 정신이 있는 거야, 없는 거야!"

"그래도……."

이왕 나선 김에 박 반장도 이번만큼은 물러설 생각이 없었던지 말을 이어나가려는 순간, 사무실 문이 벌컥 열리며 두 사람이 들어섰다.

소장과 보수과장이었다.

김근조가 저승사자라면 두 사람은 하나님과 동기 동창인 지위에 있는 사람들이었다.

그들은 대부분 계약직 직원들이 근무하는 사무실과 20m 정도 떨어진 본관에서 정규직 공무원들과 함께 근무를 했기 때문에 이곳에 올 일이 거의 없었다.

"최우용 씨, 축하합니다!"

머리가 반쯤 빠져 앞머리가 훤한 소장이 사무실로 들어서자마자 최우용의 손을 붙잡아 왔다.

보수과장은 소장의 행동을 흐뭇하게 바라보며 활짝 웃고 있었는데 그가 최강철에 관한 뉴스를 보고했던 모양이었다.

"얼마나 좋습니까. 세상에, 아들이 세계를 제패했으니 집안에 경사가 났네요. 아니지, 우리 토목광구 전체의 경사지. 정말 대단합니다."

"고맙습니다, 소장님."

"내가 듣기로 내일 아들이 귀국한다고 하던데 가봐야죠?"

"그게……."

"자, 이거 받아요. 가서 아들 맛있는 거 사주고 돌아오는 길에 옷이라도 하나 해 입히세요."

최우용이 뭐라고 말하기 전에 소장이 흰 봉투를 불쑥 내밀었다.

그러고는 껄껄 웃으며 최우용의 어깨를 툭툭 쳐주며 몸을 돌렸다.

"휴가는 안 내도 됩니다. 내가 직권으로 처리할 테니 잘 다녀오세요. 나중에 기회 되면 잘난 아들 꼭 좀 구경시켜 주시고요."

소장은 바람처럼 왔다가 김근조의 인사도 받지 않고 바람처럼 사라졌다.

하긴, 워낙 바쁜 사람들이니 할 일이 산더미처럼 많을 것이다.

붉어진 얼굴.

소장의 뒷모습을 바라보는 김근조의 얼굴은 새빨간 단풍처럼 붉게 달아올라 있었다.

소장이 완전히 밖으로 빠져나가자 직원들과 눈을 마주치지 않은 채 씩씩거리며 자신의 자리로 돌아갔다.

제12장
자체 발광Ⅱ

가는 것도 힘들었지만 오는 것도 힘들었다.

우승을 했다고 해서 그 비싼 비즈니스석을 탄다는 건 꿈에도 생각하지 못할 일이었으니 또다시 18시간을 쭈그린 채 오랜 시간을 날아올 수밖에 없었다.

사랑스러운 스승님은 여전히 스튜어디스의 매력에 흠뻑 빠져 갈 때의 경험을 살려 틈틈이 음료수를 시키며 아름다운 몸매를 감상하는 데 여념이 없었다.

하지만 그것도 잠시. 금강산도 식후경이라 피곤에 절은 육체는 아무리 아름다운 여인의 자태에도 천근같이 무거워진

눈꺼풀을 치켜세우지 못하고 달콤한 꿈속으로 빠져들게 만들었다.

최강철은 정신없이 곯아떨어진 일행들의 모습을 잠시 동안 바라보다 창밖으로 시선을 돌렸다.

아무리 자고 일어나도 눈을 뜨고 나면 비행기는 여전히 하늘을 날고 있었다.

생각 같아서는 와인을 한 잔 마신 후 숙면을 취하고 싶었으나 보는 눈이 많아 그러질 못했다.

다시 돌아왔다는 건 좋은 일만 있는 건 아닌 모양이다.

길고 긴 여행.

드디어 서울의 전경이 나타나자 긴 한숨이 저절로 흘러나왔다.

"관장님, 일어나세요."

"아, 왜?"

"서울 왔어요. 이제 곧 내릴 거예요."

"정말?"

최강철의 목소리에 윤성호가 자리를 박차고 일어났다. 그 소음에 유광호를 비롯해서 일행이 주섬주섬 일어나는 게 보였다.

"좋으시죠?"

"그럼, 아이고 이게 얼마만이냐. 서울이 이렇게 예뻤어. 예쁘다, 예뻐."

정신을 차린 윤성호가 너스레를 떨자 최강철이 빙그레 웃었다.

"하하하… 저 누나보다 더 예뻐요?"

"이 자식아, 비교할 걸 비교해. 대상이 다르잖아. 자연과 사람. 물론 난 당연히 아름다운 저 스튜어디스가 더 예쁘다고 생각하지."

"이제 더 이상 못 볼 텐데 아쉬워서 어쩐답니까. 내가 전화번호라도 물어볼까요?"

"또 지랄한다. 너 정말 이번에도 삽질하면 죽어. 정말이야. 하지 마… 정말 하지 마!"

윤성호가 작은 목소리로 협박을 한 후 순식간에 두 눈을 감았다.

마침 스튜어디스가 그들이 있는 쪽으로 다가오고 있었기 때문이다.

비행기의 안내 멘트가 청아하게 울려 퍼졌다. 곧 서울에 도착하니 안전벨트를 꼭 매달라는 주문이었다.

공항에 도착해서 입국 수속을 마치고 일행과 함께 출구를 향해 걸었다.

사람들은 그들에게 아무런 관심도 보이지 않았는데 그들 속에 이번 세계 선수권대회에서 우승한 최강철이 포함되어 있다는 걸 모르는 눈치였다.

일행을 놀라게 만든 것은 로비로 나가는 게이트가 열렸을 때였다.

빰빠라 빰…….

우렁찬 밴드 소리.

최강철 일행이 로비로 나오는 순간 길게 늘어선 악대가 귀청이 떨어질 정도의 팡파르를 울렸다.

그런 후 양복을 근사하게 차려입은 사람들이 꽃다발을 들고 다가오는 것이 보였다.

"축하하네, 축하해."

"강철아, 협회장님이시다. 인사드려."

유광호의 소개로 그가 복싱 협회장인 남인구라는 것을 알았다.

"감사합니다, 회장님."

난리도 이런 난리가 없다.

기념 촬영에 회장의 축사가 이어졌고 벌 떼처럼 몰려든 기자들이 플래시를 터뜨리는 바람에 정신을 차릴 수가 없었다.

회장은 이번 기회에 자신의 업적을 홍보라도 하려는 듯 최강철과 김동길을 끼고 사진을 찍었는데 만면에 웃음을 가득 머금은 채 두 사람을 마치 자신의 소유물처럼 데리고 다녔다.

최강철은 사진을 찍으면서 주변에 가득 몰려 있는 사람들을 바라보았다.

기자들이 20여 명이나 되었고 지나가던 사람들이 구경하기 위해 몰려들었기 때문에 금방 숫자가 100여 명으로 늘어났다.

사람들을 보던 최강철의 눈이 번쩍 빛난 것은 멀리서 다가오지 못하고 꽃다발을 든 채 우두커니 서 있는 부모님의 모습을 확인했기 때문이다.

"아버지, 엄마!"

사진을 찍다 말고 부모님을 향해 달려갔다.

놀란 협회장과 간부들이 어리둥절한 눈으로 바라보았으나 최강철의 눈에는 오직 부모님의 초라한 모습만 보일 뿐이었다.

한달음에 달려가 눈물을 글썽이고 있는 어머니를 가슴에 꼭 안았다.

"엄마, 그동안 잘 계셨죠. 보고 싶었어요… 보고 싶었어요."

"강철아, 아프지 않어?"

"괜찮아요."

어머니의 손길이 눈으로 다가왔다.

부어오른 눈은 윤 관장이 계란으로 그렇게 문질렀는데도 아직 붓기가 완전히 빠지지 않았다.

따뜻한 손길. 어머니의 눈에는 걱정이 가득 들어 있었다.

어머니는 아들이 세계를 제패한 것보다 다치고 돌아온 것이 더 마음 아픈 모양이다.

천천히 어머니의 품에서 벗어나 아버지를 향해 인사를 했다.

아버지를 안지 못한 것은 그 높은 존경의 마음 때문이었다. 비록 아버지는 학교 근처에도 가보지 못했던 분이었으나 그에게는 태산 같은 믿음과 사랑을 주셨으니 대할 때마다 항상 조심스러웠다.

"아버지, 다녀왔습니다."

"그려, 고생했다."

"저 잘했죠?"

잘한 거 맞죠.

어머니처럼 눈물을 흘리진 않았으나 자신을 자랑스럽게 바라보는 아버지를 향해 최강철은 마치 어린아이처럼 칭찬해 달라는 듯 물었다.

얼마나 하고 싶었던 짓이었던가.

그럼에도 그 오랜 세월을 아버지께 걱정과 고통만 드렸으니 보내 드릴 때의 회한이 아직도 가슴속에 박혀 잊히지 않는다.

"장허다, 우리 아들. 정말 장혀."

아버지가 은근슬쩍 다가와 최강철을 안았다.

항상 사랑을 가슴에 담고 사셨어도 밖으로 잘 표현하지 못하셨던 분인데 오늘 만큼은 사람들이 전부 보는 앞에서 아들을 안아주셨다.

가슴이 벅차올라 눈물이 핑 돌았다.

고맙습니다, 아버지. 이렇게 안아주셔서 고맙습니다.

어느새 다가온 기자들이 정신없이 그 모습을 찍었는데 내일 아침이면 이 모습이 대문짝만 하게 신문에 나올 것이다.

부모님과 잠시 정담을 나누다 뒤늦게 옆으로 다가온 교장 선생님과 담임선생님, 그리고 친구들에게 인사를 했다.

학교 측에서는 그가 우승하자 교장이 직접 나왔는데 목에 거는 화환까지 직접 들고 나왔다.

"강철아, 학교의 명예를 빛내줘서 고맙다."

교장 선생님이 직접 격려했고 담임선생님의 축하 인사를 받은 후에 기다리고 있던 이성일의 몸을 끌어안았다.

"성일아, 잘 있었지?"

"이 자식아, 보고 싶어 뒈지는 줄 알았다."

"하여간 엄살. 이제 매일 볼 텐데 뭘 그래."

"잘했어."

"그래."

"내가 꼭 지켜봤어야 했는데 억울해 죽겠어."

"다음엔 꼭 봐. 네가 없어서 나도 심심했다."

놈과 함께 있으면 언제나 마음이 편하다. 평생을 같이했던 친구였기에 아직 어렸어도 그 마음은 변치 않았다.

옆에서 안절부절못하고 있던 유광호가 슬며시 끼어든 것은 더 이상 참을 수가 없었기 때문일 것이다.

"강철아, 이제 그만 가자. 아직 공식 행사가 남아 있잖아. 높은 분들이 기다리고 계셔."

그의 말을 듣고 눈을 돌리자 협회에서 나온 사람들이 멀찍이 떨어져서 멀뚱멀뚱 서 있는 게 보였다.

모든 기자가 옆으로 와서 사진을 찍고 있었기 때문에 그들은 닭 쫓던 개처럼 헛기침을 하면서 이곳을 바라보는 중이었다.

급하게 몸을 돌렸다.

감정에 격해져 세상을 살아가는 이치를 잠시 잃었지만 실수를 지속하는 건 바람직하지 못하다.

그랬기에 그는 부모님을 바라보며 급하게 입을 열었다.

"아버지, 오늘 복싱 협회에서 축하연을 열어준다고 해요. 같이 돌아갔으면 좋을 텐데 아무래도 가봐야 할 것 같아요. 먼저 돌아가 계시면 제가 축하연 마치는 대로 갈게요."

"그려, 중요한 일인디 가봐야지. 우린 걱정하지 말고 얼릉 가."

"예."

오늘의 스케줄은 공항 환영 행사에 이어 복싱 협회가 마련한 축하연에 참석하는 것이었다.

협회장 남인구는 아예 작정한 듯 최강철의 세계 선수권대회 제패를 홍보하기 위해 대대적인 축하연을 마련해 놓았다.

어련하겠어.

단숨에 눈치를 챘지만 절대 자신의 마음을 밖으로 내놓지 않았다.

사람 사는 세상이 다 그런 것 아니겠는가.

문제가 발생한 것은 공항 행사를 마무리 짓고 로비를 빠져나올 때였다.

갑자기 들이닥친 한 무리의 검은 양복 사내들이 협회장에게 급히 다가가더니 뭔가 이야기를 주고받았는데 남인구의 얼굴이 허옇게 질리는 게 보였다.

사내들에게서 물러난 그는 마치 저승사자를 만난 것처럼 허둥대며 일행들의 발걸음을 정지시켰다.

"여러분 오늘 축하연은 취소해야겠소. 사무장, 빨리 사무실에 전화해서 행사 취소한다고 전해."

"회장님 왜 그러십니까?"

"각하께서 최강철을 보고 싶어 하신단다. 지금 곧바로 들어가야 해."

각하라고?

우리나라에서 각하라고 불리는 사람은 단 하나밖에 없다.

현재 공포정치를 펼치며 무소불위 권력을 행사하는 전두환, 바로 그 사람이다.

회장의 말을 들은 유광호의 안색도 허옇게 질렸다.

하긴 유광호뿐만 아니라 모여 있던 사람 전부가 마찬가지였다.

대통령이 직접 보자고 했다면 축하연이 아니라 축하연 할애비를 계획하고 있어도 취소하는 건 당연한 일이었다.

그랬기에 사람들은 각하라는 말이 나오자 당황함을 숨기지 못했다.

검은색 양복을 입은 사내들은 조금 떨어진 곳에서 협회장의 행동을 주시하고 있었는데 시계를 자꾸 바라보며 서두르라는 신호를 계속 보내고 있었다.

그 모습에 회장의 행동이 빨라졌다.

"자, 다들 들어가고. 강철이하고 동길이, 그리고 코치들은 같이 가는 거로 하지. 가면서 주의 사항을 전해줄 테니까 절대 실수하면 안 돼. 알겠어?"

혹시 이런 일이 생길지도 모른다는 생각은 했지만 막상 현실로 발생하자 긴장감이 혹 몰려들었다.

현재 대한민국을 통치하고 있는 전두환은 신군부 세력을 이끌고 쿠데타를 성공하여 정권을 틀어쥔 사람이었다.

피가 흐르는 숙청의 연속.

5.18 민주화 운동을 총탄으로 박살 내며 수많은 인명을 사살했고, 그 당시 영향력 있던 지도자인 김영삼과 김대중을 내란 음모로 엮어 구속과 자택 연금 해 정치판을 초토화시킨 후 언론을 장악해서 대통령에 오른 사람이었다.

그의 한마디는 법 위에 군림하는 절대명령이었으니 협회장이 사시나무 떨 듯 벌벌 떠는 게 충분히 이해가 되었다.

전두환은 만능 스포츠맨으로 알려진 사람이었다.

특히 복싱을 좋아해서 중요한 복싱 중계가 있다면 자다가도 벌떡 일어나는 것으로 유명했다.

최강철은 대통령 경호실에서 보낸 승용차를 타고 청와대로 향했다.

그 차에는 운전사 외에도 두 명의 경호원이 동승하고 있었는데 마치 범죄자를 끌고 가는 것처럼 말 한마디 붙이지 않았다.

두렵지 않았다.

잘못한 일로 가는 것이 아니라 세계 선수권대회에서 우승한 자신을 보고 싶어 하기에 들어가는 길이었으니 전혀 두렵다는 생각은 들지 않았다.

그럼에도 긴장은 된다.

멀리서 푸른 기와가 눈으로 들어오며 정문에 선 위병들의 위압스러운 모습이 보였다.

텔레비전에서는 수도 없이 본 곳이었으나 직접 와보기는 처음이었다.

청와대에 도착하자 대기실에서 경호원들에게 몸수색을 당했다.

공항에서 바로 납치하듯 끌고 와놓고도 위험한 무기가 있을지 걱정된 모양이다.

검색이 끝났지만 대통령을 만나지 못했다.

경호원들이 나간 후 대체해서 들어온 비서관들이 지루하고 긴 주의 사항들을 일행들에게 교육시켰기 때문이다.

말로는 표현하지 못했지만 참 더럽고 치사하다.

총칼로 정권을 잡은 자들은 자신의 안위에 대해서 결벽적으로 의심한다더니 그 말이 맞는 것 같았다.

일행이 접견실로 들어갈 수 있었던 것은 청와대에 도착하고도 한 시간이 지난 후였다.

접견실 의자에 앉아서 대통령을 기다리는 일행들의 모습이 마치 군대에 막 입대해서 바짝 졸아 있는 신병들을 보는 것 같았다.

특히 협회장은 부동자세로 연신 식은땀을 흘리고 있었는데 보기 안쓰러울 정도였다.

많은 것을 가진 사람일수록 더 커다란 권세를 가진 자에게 약한 모습을 보인다.

접견 의자 주변에는 10여 명의 검은 양복을 입은 경호원들과 5명의 비서관들이 호위하듯 서 있었다.

그들 역시 긴장되기는 마찬가지인 모양이다.

연신 주변을 두리번거리며 빤한 공간을 살피고 있는 게 금방이라도 적이 침투할 것처럼 행동하고 있었다.

중앙에 서 있던 비서관 중 상급자로 보이는 사람의 행동이 빨라지며 일행들에게 일어서서 도열하라는 신호를 급하게 보냈다.

무전기로 대통령이 오고 있다는 사실을 연락받은 게 분명했다.

잠시 후, 이윽고 문이 열리며 한 무리의 사람들이 들어섰다.

반쯤 벗겨진 대머리, 그리고 그 뒤를 따르는 익숙한 얼굴들.

전두환과 신군부 쿠데타의 주인공들이었다.

"대통령 각하께서 들어오셨습니다."

접견실로 들어선 전두환은 일행들 앞으로 다가와 자연스럽게 손을 내밀었다.

협회장부터 천천히 일행들의 손을 잡았는데 손아귀에 힘이 담겨 있었다.

"자네가 최강철인가?"

"예, 그렇습니다, 각하."

얼떨결에 고등학생답지 않은 대답이 나왔다.

비서가 미리 주의를 주었지만 너무 자연스러운 대답이었던지 전두환의 얼굴에서 미소가 그려졌다.

"아직 어린데 대단해. 잘했어, 아주 잘했어."

그가 손을 올려 어깨를 두드렸다. 그 손길이 너무 낯설어 나무토막으로 맞은 것 같은 기분이 들었다.

"자, 다들 앉아요. 너무 긴장하지 말고. 우리나라의 명예를 높여준 분들을 일부러 모신 거니까 우리 편하게 대화를 나눕시다."

전두환이 손짓하며 먼저 자리에 앉자 뒤쪽에 서 있던 비서실장 장세동이 일행들을 향해 부지런히 앉으라는 신호를 보냈다.

사람들이 모두 착석하자 연예인 뺨치게 예쁜 여비서들이 정확한 타이밍에 차와 다과를 가져와 일행들의 앞에 놓았다.

"차들 마십시다. 협회장께서는 일을 잘하시는 것 같습니다. 이렇게 좋은 성과를 낸 게 전부 선수 관리를 잘해서 그런 거 아니겠습니까?"

"감사합니다, 각하. 저희 복싱 협회에서는 유망주를 발굴해서 집중 육성하는 시스템을 오래전부터 준비해 오고 있었습니다. 이번 성과는 그 일환이라고 생각합니다."

입에 침도 바르지 않고 새빨간 거짓말이 튀어나왔다.

그는 오면서부터 이 대답을 하기 위해 잔머리를 굴리고 있었던 게 분명했다.

하지만 그는 바보다.

전두환의 정보 팀은 국내에서 일어나는 일에 대해 손바닥처럼 들여다보고 있으니 여기서 벌어진 일은 곧 조사되고 분석되어 보고될 것이다.

스스로 무덤을 파는 짓이나 다름없는 행동을 했다는 뜻이다.

그럼에도 전두환은 그를 죽이지 않을 테지.

그의 성격상 정권 유지에 도움이 되는 이벤트를 만들어냈으니 가벼운 거짓말 정도는 넘어가 줄 것이다.

"허허, 남 회장께서 그렇게 철저한 준비를 하고 있었다니 놀랍군요. 앞으로도 복싱 발전을 위해 잘 좀 노력해 주시오."

"예, 각하."

전두환은 대화를 주도하며 이번 세계 선수권대회에 대한 것들에 대해서 물었다.

대회 방식은 어땠으며 어떤 경로를 통해 결승까지 올라갔고, 최강철이 우승했을 때 서독 현지의 반응들에 대해서 물었다.

대답은 주로 선수단을 이끌었던 유광호가 했다. 그는 잔뜩 긴장했던지 처음에는 목소리가 떨렸으나 시간이 지나면서 안정을 찾아갔다.

전두환이 최강철을 향해 직접 질문을 시작한 것은 어느 정도 시간이 흘렀을 때였다.

"최강철 군, 여기 들어오기 전에 보고받았는데 자네 공부도 잘한다면서. 복싱 선수가 전교 수석까지 하다니 나는 그런 경우는 처음 보네."

"저희 관장님께서 도와주셨기 때문입니다."

뜬금없는 대답에 윤성호가 머리를 빳빳이 세우고 있다가 사시미가 된 눈으로 최강철을 쳐다봤다.

저 미친놈이 또 무슨 사고를 치려고······.

전두환은 최강철에게 시선을 고정시키고 있었기 때문에 못 봤지만 다른 사람들은 그가 깜짝 놀라는 것을 보면서 침을 꿀걱 삼켰다.

"그게 무슨 말인가?"

"관장님께서는 복싱 선수도 학업에 소홀히 하면 안 된다고 하시면서 저를 채찍질하셨습니다. 공부를 못하면 복싱은 아무런 의미가 없다면서 인성을 키우기 위해서라도 공부에 최선을 다하라고 가르치셨습니다."

"어허, 거참 훌륭한 스승이구만."

"제가 배운 기술들은 모두 관장님께 배운 것입니다. 저희 관장님은 복싱에 관한 한 국내에서 최고의 코치라고 생각합니다."

그의 대답에 전두환이 고개를 끄덕이는 걸 보면서 최강철
은 속으로 웃었다.

이젠 됐다.

그가 직접 지시하지 않아도 윤성호가 국가 대표 코치로 발
탁되는 건 이제 시간문제일 것이다.

같이 생활하면서 협회 사무장인 유광호로부터 국가 대표
코치 자리가 하나 더 만들어진다는 말을 들었다.

슬쩍 복싱 협회장의 얼굴을 보자 전두환이 칭찬하는 모습
을 보면서 침을 꿀꺽 삼키고 있었다.

"그래, 최강철. 내 마음을 기쁘게 해줘서 내가 선물을 하나
해주고 싶은데 뭘 해줬으면 좋겠나?"

"저는 조국을 위해 열심히 뛰었을 뿐입니다. 바라는 건 없
습니다."

"이 사람아 괜찮아. 아무거나 말해봐."

"정말입니다. 각하, 생각해 주신 마음만 기쁘게 받겠습니
다."

속으로는 할 말이 태산 같았으나 꾹 참고 속마음을 드러내
지 않았다.

모든 것은 시간이 필요한 법이다.

이 자리에서 서툴게 병역에 대한 제약 조건을 풀어달라고

말하는 것은 세상 물정을 전혀 모르는 놈이나 하는 짓이다.

전두환의 눈 속에는 웃음에 가려진 호기심과 시험이 담겨 있었다.

앞으로도 기회는 많다.

민감한 병역 문제는 아시안게임에서 우승하고 더 럼블에서 움직여 준다면 무난하게 해결될 수 있으니 지금은 전두환에게 좋은 이미지를 심어놓는 것만으로도 충분했다.

제13장
자체 발광Ⅲ

청와대에서 빠져나올 때 비서실장으로부터 제법 두툼한 봉투를 받았다.

봉투 전면에는 '대통령 전두환'이란 문구가 적혀 있었는데 30만 원이 들어 있었다.

일종의 격려금.

적은 돈이 아니다. 아버지의 월급이 겨우 25만 원이었으니 이 돈이면 조카의 병원비 때문에 얻은 빚을 갚을 수 있다.

봉투를 소중하게 품에 안고 청와대를 빠져나와 복싱 협회로 갔다.

축하연은 취소되었지만 아직 행사가 남아 있기 때문에 반드시 가야 한다는 것이었다.

행사의 내용은 포상금 전달식이었다.

물론 협회장과 활짝 웃으며 사진을 찍어야 하는 번거로움이 있었으나 돈을 받는 건 언제나 즐거운 일이었으니 충분히 참을 만했다.

25일 동안 동고동락했던 유광호를 비롯해서 김동길 일행과 작별 인사를 한 후 윤 관장과 함께 복싱 협회 사무실을 빠져나왔다.

헤어지는 것이 아쉬웠으나 조만간 다시 만날 거라는 기약이 있으니 웃으면서 헤어질 수 있었다.

택시를 타기 위해 기다리는 동안 최강철은 협회에서 포상금으로 준 봉투를 열어봤다.

봉투에는 50만 원이 들어 있었다.

웃음이 나왔다.

피겨스케이팅으로 올림픽 금메달을 딴 김연아나 마라톤 금메달을 딴 황영조는 몇 억씩 포상금을 받았는데 겨우 50만 원이라니 한숨이 나올 일이다.

물론 단순 비교 할 일이 아니라는 것도 안다.

현재는 포상금을 줄 만큼 경제적으로 여유가 없었을 때였고, 협회의 운영도 회장 개인의 영향력에 의해 운용되고 있었으니 욕심을 부릴 이유가 없었다.

그래서 내가 복싱을 선택한 것이다.

이 시대에서 이 나이에 가장 커다란 돈을 만질 수 있는 것은 복싱이 유일했다.

슈가레이 레너드나 베니테스, 헌즈, 듀란 등의 대전료는 한 방에 최소 300만 불 이상이었고 특급 스타들의 슈퍼 매치는 600만 불 이상이 상회하기도 했다.

1달러에 662원. 대충 계산하면 슈퍼 매치 한 번에 40억이란 거금을 벌어들일 수 있다는 뜻이다.

말이 40억이지 웬만한 중소기업 몇 개를 살 수 있는 돈이고, 지금 개발이 한창 이루어지고 있는 잠실 땅을 수십만 평 살 수 있는 금액이다.

멀뚱히 서 있는 윤 관장을 향해 봉투를 건넸다.

옆에서 뭐 하는 짓인가 쳐다보던 윤 관장이 자신에게 돈을 건네는 최강철을 향해 황당한 표정을 지어 보였다.

"뭐냐?"

"이 돈은 관장님이 가지세요."

"이 자식아, 이거 포상금이야. 네가 우승해서 받은 돈이라고!"

"그러니까 말이죠. 서독까지 가느라 가진 돈 탈탈 털었잖습니까. 이건 관장님이 가지셔야 할 돈입니다."

"이 미친놈이……."

"저는 대머리 대통령이 준 격려금 있으니까 이건 관장님이 가지셔도 됩니다. 그래야 앞으로도 절 잘 먹여주실 거 아닙니까."

최강철의 손이 거둬지지 않자 윤 관장의 표정에 망설임이 생겨났다.

맞다. 제자를 따라 서독에 가기 위해 있는 돈은 물론이고 지인들에게 빚까지 얻었기 때문에 당분간 살림이 빠듯한 형편이었다.

그럼에도 선뜻 받아들이지 못한 건 자신의 돈이 아니라는 생각 때문이었다.

"그럼 반으로 나누자."

"괜찮아요. 이번에 쓰신 돈이 이것보다 더 많다는 거 알아요. 괜히 집에 가서 후회하지 말고 받으세요."

최강철이 억지로 윤 관장의 주머니에 봉투를 욱여넣었다.

그러고는 마침 다가오는 택시를 향해 뛰어갔다.

윤 관장이 자신의 주머니로 들어온 봉투를 꺼내며 뭔가 소리를 질렀으나 뒤를 돌아보지 않았다.

작은 돈에 욕심을 부리지 않는다.

윤 관장은 자신을 위해 아무런 계산 없이 많은 돈을 썼으니 이 정도의 돈은 충분히 받을 자격이 있다.

*　　　　　*　　　　　*

　오랜만에 돌아온 아들을 위해 어머니는 동네 아줌마에게 새로 배웠다며 저녁 반찬으로 불고기를 내놓으셨다.

　누나들의 눈이 휘둥그레졌다.

　지금까지 살아오면서 누나들은 소고기를 먹어본 적이 없었기에 어머니가 접시에 한가득 불고기를 내놓자 환호성을 질렀다.

　그 모습을 보면서 가슴이 먹먹하게 아파왔다.

　그래, 우린 이렇게 살았지. 소고기는 둘째 치고 삼겹살 한 번 제대로 구워 먹은 적이 없었으니 누나들의 반응이 이해가 갔다.

　우리 집의 반찬은 언제나 된장찌개가 주 메뉴였고 김치와 콩나물무침, 깍두기가 전부였다.

　주말이면 어머니는 특식을 마련했는데 삼양라면 2개에 국수를 한 묶음 풀어서 끓여주시는 것이었다.

　그것만으로도 행복했었다. 라면 스프의 그 달콤함. 라면은 찾아보기 어려울 정도였으나 우리 6남매는 아귀처럼 떠먹으며 행복한 웃음을 짓곤 했다.

　지금도 생각난다.

아주 오래전 국민학교에 다닐 적에 일을 나갔던 큰형이 바나나 2개를 가져온 적이 있었다.

그 당시 바나나는 부의 상징이었고 텔레비전에서나 볼 수 있는 귀중한 과일이었다.

부모님을 포함해서 여섯 명의 자식들과 두 명의 조카들을 모두 합하면 10명이나 되었기에 똑같이 나누어 분배했는데 어렸던 나는 한입에 털어 넣은 후 침을 삼키지 않기 위해 애를 썼다.

그렇게 하면 오랫동안 먹을 수 있을 거라 생각했기 때문이다.

하지만 달콤했던 바나나 향기는 어느새 침샘을 자극해서 녹기 시작했고 금방 목구멍을 통해 사라져 버렸다.

울었다. 생전 처음 먹었던 바나나가 사라지는 게 억울했고 다시는 먹지 못할 수도 있다는 두려움이 나의 눈에서 눈물을 흐르게 만들었다.

즐거운 저녁 식사였다.

불고기란 특식이 나왔다는 이유도 있지만 최강철이 세계 선수권대회에서 우승하고 돌아왔다는 사실이 곁들어지면서 가족들은 오랜만에 웃음 속에서 맛있는 저녁을 먹을 수 있었다.

부모님은 물론 누나들은 최강철이 청와대에 들어가서 대통령과 악수하고 직접 이야기까지 했다는 말을 듣고는 놀라움을 감추지 못했다.

계속되는 질문과 대답.

부모님과 누나들의 궁금증은 끝이 없었기에 최강철은 저녁을 먹는 동안 끝없이 오늘 있었던 일들을 설명해야 했다.

그 당시 우리의 부모님 세대는 대통령을 나라님이라 부르며 극도의 존경을 가지고 대했다.

배우지 못한 것보다 뿌리 깊게 내려온 유교 사상이 그런 사고를 만들어냈을 것이다.

과연 이분들은 알까?

청와대에 들어 앉아 있는 그 사람과 하수인들이 삼두육비의 괴물보다 훨씬 잔인했고 치사하며 간교한 자들이었음을.

누나들이 설거지를 위해 상을 들고 부엌으로 갔을 때 담배를 빼어 무시는 아버지 앞으로 대통령이 준 격려금을 내놓았다.

아버지는 놀란 눈을 한 채 봉투를 만지시지 못했는데 전면에 쓰여 있는 한문과 봉황 무늬에 압도된 것 같았다.

아버지는 한글은 읽으실 줄 알지만 한문은 읽지 못하셨기 때문에 겉에 쓰여 있는 글자를 읽지 못하셨다.

"이게 뭐여?"

"돈입니다. 오늘 청와대에 갔더니 대통령께서 격려금을 주셨어요."

"어이구!"

봉투의 정체를 알게 되자 아버지는 펄쩍 뛰며 엉덩이를 뒤로 물렸다.

정말 많이 놀라신 모양이었다.

"봉투 안에 30만 원이 들어 있어요. 이 돈으로 정국이 병원비 때문에 진 빚 갚으세요."

"허어……."

아버지의 손이 어렵게 움직였다.

그러고는 빳빳하게 봉투 속에 담겨 있는 돈을 힘들게 꺼내든 채 한동안 바라보셨다.

아버지의 눈에 들어 있는 것은 탐욕이 아니었다. 망설임과 갈등, 그리고 이 돈이 지닌 가치에 대한 의문과 불안감이었다.

"이걸… 내가 써도 되겠냐?"

"그럼요. 저 때문에 생긴 돈이지만 아버지 것이기도 해요. 아버지로 인해 제가 태어났으니 이 돈은 아버지가 쓰시는 게 맞아요."

"그려, 손이 부끄럽지만 내가 쓸란다. 네 엄마가 돈이 없어서 힘들어하는 모습을 보는 게 여간 힘들었던 게 아니라서… 미안혀다."

"아들한테 미안하다는 말씀 하시는 거 아니에요."

아버지.

조금만, 조금만 더 기다려 주세요.

이런 건 아무것도 아닙니다. 몇 년 만 기다려 주시면 아버지께 황금을 가져다 드릴게요.

그러니 지금은 힘들어도… 견뎌내고 참아주세요.

                    *   *   *

부모님은 없는 돈을 또 털어 동네잔치를 벌이셨다.

친분이 있는 어르신들과 회사 동료분들까지 와서 하루 종일 잔치를 벌였는데 최강철은 유치하지만 금메달을 목에 걸고 인사를 다녔다.

아버지께서 자랑하기 편하게 해드리기 위함이었다.

어머니의 웃음소리가 듣기 좋았고 술 취한 아버지의 너스레가 한없이 정겨웠다.

학교 정문에는 현수막이 내용만 바뀌어 걸렸다.

국가 대표가 되었을 때와 비슷했는데 이번에는 '정문의 히어로 최강철, 세계 선수권대회 제패'란 말이 쓰여 있었다.

그 문구를 보자 고개를 들 수가 없었다.

해도 해도 너무한다. 내세울 게 별로 없는 학교라 해도 너무 자극적인 문구라 남들이 볼까 봐 무서웠다.

학교 측에서는 교장 선생님의 지시로 인해 보충 수업을 제시해 왔으나 최강철은 고개를 저었다.

전교 수석이 25일 동안 수업을 받지 않았다는 것이 걱정스러워 제시한 것일 테지만 그에게는 아무런 문제가 되지 않은 걱정이었다.

벌써 고2 과정은 모두 예습이 끝난 상황이었다.

틈틈이 시간 날 때 공부를 했지만 루시퍼가 선물해 준 두뇌는 그 시간만으로도 전 과정을 빠삭하게 그의 머릿속에 입력시켜 놓았다.

대회가 끝나고 난 후 보통의 삶이 찾아왔다.

이성일과 함께 학교를 다녔고 수업이 끝나면 체육관으로 가서 운동을 한 후 집으로 돌아와 공부에 매달렸다.

윤성호의 체육관은 이제 관원이 300명을 훌쩍 넘기고 있었는데 그가 세계 선수권대회에서 우승한 게 커다란 동력이 되었다.

그리고 보면 윤 관장은 뻔뻔하다.

체육관 건물 전면은 물론이고 주변에 온통 금메달이 목에 척 걸린 최강철의 사진을 붙여놓았다.

"이럴 때 써먹지 언제 써먹나!"

그의 변명이었다.

관원들을 끌어모으는 데 이것만 한 홍보가 없다는 게 그의 주장이었다.

                    *   *   *

극동프로모션의 정기수는 앞좌석에서 내려 급하게 승용차의 뒷문을 열었다.

그러자 뒷좌석에서 눈을 감은 채 편한 자세로 있던 중년의 사내가 천천히 차에서 내린 후 허름한 파란 대문 집을 바라보았다.

"여기야?"

"예, 회장님."

정기수의 대답에 중년 사내의 입꼬리가 하늘을 향해 올라갔다.

사내는 대한민국 복싱계의 대부이자 극동프로모션의 회장인 안재만이었다.

그가 직접 여기까지 온 것은 당연히 최강철 때문이었다.

세계 선수권대회에서 마크 브릴랜드를 KO로 때려눕히고 우승했다는 소식을 보고받은 후 즉시 정기수를 보내 계약을 타진했으나 최강철이 단칼에 거절했다는 소리를 들은 그는 최충일의 세계 타이틀전 때문에 필리핀에 있다가 일도 마무리 짓지 못하고 급거 귀국했다.

안재만이 한국 복싱계의 살아 있는 전설로 등극할 수 있었던 것은 선수를 보는 눈이 뛰어날 뿐만 아니라 온갖 권모술수에 능했기 때문이다.

돈이 되는 일이라면 다 한다.

어떤 경우라도 뛰어난 기대주가 있다면 즉시 달려가 온갖 방법을 다 동원해서 극동의 돈줄이 되도록 만들었다.

복싱의 세계는 정으로 얽혀 있는 경우가 허다했기 때문에 유망주들이 매니저들과의 의리 때문에 계약을 꺼려하는 경우가 많았으나 그는 단 한 번도 실패한 적이 없었다.

돈으로 매수했고 그게 안 되면 협박도 마다하지 않았다.

한국 복싱에서 그의 지위를 이용하면, 관장이고 선수고 전부 구정물에 처박을 수 있었기에 그의 협박을 무시하고 버텨 낸 자는 한 놈도 없었다.

"그거 꺼내."

"예, 회장님."

안재만이 턱짓으로 지시하자 정기수가 급히 차 트렁크에서 화려하게 포장된 선물 꾸러미를 꺼내 들었다.

제법 묵직해 보이는 선물 상자들은 한눈에 봐도 꽤나 비싼 물건이 들어 있는 것 같았다.

안재만은 거침없이 대문으로 다가가 손을 들어 두들겼다.

양철 대문이 요란한 소리를 내자 어둠을 뚫고 발소리가 들려온 후 문이 삐죽 열렸다.

"누구시유?"

"최우용 선생님을 만나 뵈러 왔습니다. 최강철 군에 대해서 의논할 게 있어서요."

"아… 예, 들어와유."

착한 류순덕이 문을 열어 그들을 받아들였다.

비록 밤이었으나 아들 때문에 왔다는 손님들을 세워둘 수 없다고 생각했던 게 분명했다.

저녁 8시.

이미 저녁 식사가 끝날 시간이었으니 손님으로 오기에는 적당한 시간이 아니다.

그럼에도 그들이 이 시간을 선택한 것은 최강철이 오기 전에 일을 마무리해야 된다고 작정했기 때문이다.

그들이 안에 들어서자 안방에서 조그만 텔레비전을 보던 최우용이 자리에서 일어나며 의아한 표정을 지었다.

"어쩐 일로 이 늦은 밤에……."

"아이고, 아버님. 일찍 찾아뵈어야 했는데 죄송합니다. 여기 정 부장 아시죠? 예전에 한번 본 적이 있다고 하던데."

"예, 그렇긴 합니다만."

"저는 우리나라 최고이자 최대 규모를 자랑하는 극동프로
모션의 회장 안재만이라고 합니다. 정 부장과 같이 일하는 사
람이죠. 앞으로 잘 부탁드립니다."

안재만이 정중하게 인사하자 최우용이 얼떨결에 같이 인사
를 했다.

그는 아직도 이 사태에 대해서 어찌 대응할지 판단이 서지
않는 얼굴이었다.

그 모습에 안재만의 웃음이 더욱 진해졌다.

"이건 아버님이 술을 좋아하신다고 해서 미국 부자들만 마
신다는 최고급 양주를 가져왔습니다. 그리고 이건 어머니 옷
이고요. 백화점에서 산 거라서 잘 맞으실 겁니다."

그가 불쑥 선물을 내밀자 최우용과 류순덕이 얼떨결에 받
아 들고 어쩔 줄을 몰라 했다.

하지만 안재만은 여유롭게 그들의 반응을 예의 주시 하며
정 부장에게 눈치를 준 후 슬그머니 자리에 주저앉았다.

촌것들이다.

입은 것은 둘째 치고 상황 판단마저 제대로 하지 못하는
걸 보니 오늘 일은 잘 풀릴 것 같다는 생각이 들었다.

류순덕은 두 사람이 자리에 앉자 자연스럽게 안방에서 물
러났다.

남정네들의 대화에 여인네가 끼면 안 된다는 고지식한 생

각을 그녀는 태어난 후 지금까지 한 번도 잊은 적이 없었다.

류순덕이 사라지자 안재만이 본격적으로 입을 열기 시작했다.

"아버님, 강철이가 정 부장에게 그랬다는군요. 이번 대회가 끝나면 저희들과 계약을 하겠다면서 다녀올 때까지 기다려 달라고 했답니다."

"무슨 계약을 말씀하시는 건가유?"

"후원 계약이죠. 아버님은 잘 모르시겠지만 복싱 선수는 프로모션에 소속되어 시합을 해야 돈을 벌 수 있습니다. 저희 극동은 국내에서 가장 큰 프로모션이라 강철 군한테 최고의 대우를 해줄 수 있습니다."

"강철이는 아직 고등학생이구먼유. 한창 공부하는 애가 무슨 돈을 번다고……."

"고등학교 졸업하면 프로로 데뷔해야죠. 강철 군같이 실력이 뛰어난 친구들은 유능한 프로모션에서 후원하면 챔피언도 될 수 있습니다. 세계 챔피언 말입니다. 저희 극동은 최강철 군의 가능성을 무척 높게 보고 있기 때문에 전력을 다해 도와줄 생각입니다. 그러니 아버님, 강철 군을 저희에게 맡겨주십시오."

"강철이 다니는 체육관은 따로 있구먼유. 그런데 어뜩히 바꿔유. 내가 알기로는 강철이가 관장님을 무척 좋아하고 따르던데 그 양반하고는 상의가 된 거유?"

예상했던 질문이 나왔다.

하지만 이런 질문이 나오기를 기다리고 있었다.

"윤성호, 그 친구는 옛날에 한국 챔피언을 하다가 복싱에 자질이 없어서 그만둔 사람입니다. 전문적으로 복싱 트레이닝을 배우지 못했고 성격도 나빠서 대형 체육관 코치를 하다가 여러 번 그만둔 사람이에요. 강철 군과 같은 유망주는 그런 사람과 함께해서는 안 됩니다. 장래를 망칠 사람이란 말입니다. 제가 이런 소리하기 뭐하지만 그 친구는 사생활도 아주 난잡하다고 들었습니다. 더군다나 돈을 무척 밝힌다는 소문도 있어요. 강철 군이 그 사람과 함께하면 돈 문제 때문에 무척 고생을 할 겁니다."

"그런 소리는 들어보지 못했는데……."

"사실입니다. 복싱 관계자들에게 확인해 보면 금방 드러날 일을 제가 뭐 하러 거짓말하겠습니까."

"허어, 그것참."

"저희 극동프로모션은 세계 챔피언만 해도 3명을 키워냈고 현재 동양 챔피언을 4명이나 보유하고 있어요. 전문 트레이너들이 과학적인 방법으로 훈련시키기 때문에 강철 군은 몇 년 이내에 엘리트 코스를 밟으며 챔피언에 도전할 수 있을 겁니다. 아버님, 강철 군의 장래가 걸려 있는 일입니다. 현명하게 생각하셔야 해요. 더군다나 강철 군도 저희와 계약하는 것이 좋겠다고 했으니 망설일 일이 아닙니다."

"강철이가 정말 그랬어유?"

"그럼요, 아버님 계실 때 이야기했다고 하던데요. 정 부장이 저번에 집에 왔을 때 강철 군이 분명히 그랬답니다. 세계 선수권대회 갔다 와서 계약하겠다고요. 듣지 않으셨나요?"

"글씨유, 그게 그런 이야기를 한 것도 같고 아닌 것 같기도 하고……."

"저희는 강철 군을 간절히 원하고 있습니다. 필요에 의해서 데려가려는 게 아니라 세계 챔피언을 만들기 위해 데려가려는 겁니다. 아버님, 저희들에게 강철 군을 맡겨만 주십시오. 저희가 반드시 세계 챔피언을 만들어놓겠습니다."

열정적인 음성.

사람의 심금을 울리는 그의 음성은 혼돈에 빠진 최우용의 정신을 옭아매기에 충분하고도 남았다.

누가 아들을 위해 최선을 다하겠다는 사람의 말을 색안경 끼고 보겠는가.

더군다나 최우용은 평생을 운전만 하고 살았기 때문에 세상 돌아가는 이치에 대해 깊은 식견을 갖고 있지 못했다.

안재만이 품에서 두 개의 봉투를 꺼내 든 것은 최우용의 시선이 심하게 흔들리고 있다는 것을 확인한 후였다.

"아버님, 저희는 최강철 군을 데려가기 위해 거액을 투자할 생각입니다. 여기 들어 있는 건 2천만 원입니다. 지금까지 신인 선수한테 이런 돈을 준 적은 국내 어디를 가도 찾아볼 수 없을 겁니다. 그럼에도 저희들이 이런 거액을 강철 군에게 주는 것은 반드시 챔피언을 만들고 싶다는 소망 때문입니다. 그러니 아버님, 여기 계약서에 사인을 해주시죠."

안재만이 다른 봉투에서 서류를 꺼내 최우용 앞으로 내밀었다.

최우용의 시선은 서류에 가 있지 않았다.

다른 봉투에서 꺼내진 천만 원짜리 수표 2장. 바로 2천만 원이란 거액을 보며 떨리는 심장을 주체하지 못하고 있었다.

이 돈이면 손자를 수술시켜 살릴 수 있었다.

병원에서는 알아듣기 힘든 병명을 대면서 수술만 하면 살릴 수 있다고 했는데 워낙 비용이 커서 엄두도 못 내는 실정이었다.

한 해, 한 해. 손자가 괴로워하는 것을 보면서 큰아들의 눈물과 함께 고통이 쌓여갈 때마다 세상이 원망스러웠고 자신의 못남이 한스러웠다.

여름철이 되어 비가 올 때마다 방 안에는 온갖 그릇과 대야가 가득 들어찼다. 워낙 낡은 집이었기 때문에 수리를 해도 그때뿐이라 비가 올 때면 전 가족이 비를 피하기 위해 전쟁을 치러야 했다.

이 돈이면 괜찮은 집을 사서 그런 고생을 더 이상 할 필요가 없었다.

그리고 이제 곧 시집가야 하는 둘째 딸의 혼수 비용 때문에 고민하지 않아도 된다.

이 돈이면, 이 돈이면 모든 것을 해결할 수 있다.

부들부들 떨리는 손.

계약서를 내밀고 자신을 빤히 쳐다보는 회장이란 사람의 시선이 더없이 간절하게 느껴졌다.

이런 사람에게 맡긴다면 아들의 장래가 보장될 것처럼 신뢰에 가득찬 시선이자 간절함이었다.

"그런데 강철이하고 계약하는 건데 왜 저한티 하라는 건가유?"

"강철 군은 아직 미성년자기 때문에 부모님이 하셔야 합니다. 그래서 제가 아버님을 찾아온 거지요."

"그럼 제가 도장을 찍으면 되남유?"

"그렇죠. 그러시면 됩니다."

안재만이 속으로 쾌재를 부르며 만세를 외쳤다.

이젠 되었다. 촌것의 눈에 들어 있는 돈에 대한 탐욕.

없는 것들에게는 역시 돈만큼 강한 유혹도 없다.

최우용을 처음 봤을 때 배우지 못해서 세상 물정에 어두운 사람이란 걸 단박에 눈치챘다.

그것은 그가 계약서의 내용을 앞장만 대충 읽어보고 도무지 모르겠다는 듯 고개를 흔드는 것만 봐도 알 수 있다.

계약서에는 최강철에게 불리한 내용들이 산더미처럼 쌓여 있었으나 애비라는 작자는 그게 어떤 족쇄인지도 모르고 미끼를 덥석 물었다.

"이게 무슨 내용인지 당최 모르겠네유. 우리 아덜한테 잘못되는 건 아니겠쥬?"

"절대 아니니까 걱정하지 않으셔도 됩니다."

안재만이 확신에 찬 음성으로 대답했다.

그러자 한참을 망설이던 최우용이 눈앞에 놓여 있는 돈을 다시 한번 확인한 후 장롱을 열어 도장을 꺼냈다.

그때 밖에서 두런거리는 소리와 함께 문이 벌컥 열리며 최강철이 들어섰다.

"아버지, 그 도장 꺼내지 마세요. 그 도장은 함부로 쓰시는 게 아닙니다."

최강철은 안방으로 들어오자마자 아버지가 들고 있는 도장을 향해 손을 내밀었다.

어리둥절한 눈으로 아들을 지켜보던 최우용이 꼭 쥐고 있던 도장을 넘겨주지 못하고 안재만의 눈치를 봤다.

하지만 결국 아픔을 가득 담은 채 웃고 있는 아들의 손에 도장을 쥐어주고 말았다.

아들은 슬픈 눈으로 자신을 바라보고 있었는데 뭔가 잘못된 것 같았다.

자신은 배운 게 없어서 아는 것이 없었으나 아들은 누구보다 똑똑했고 상황 판단이 정확했으니 지금 이 상황은 아들에게 맡기는 것이 맞다는 생각이 들었다.

그랬기에 그는 아들에게 도장을 내어준 후 깊은 한숨을 들이쉬었다.

최강철은 아버지로부터 도장을 건네받은 후 안재만을 향해 돌아섰다.

그런 후 싸늘한 눈으로 그를 향해 입을 열었다.

"이게 극동이 저를 스카우트하려는 노력이고 방법입니까?"

"뭔가 오해가 있는 것 같은데… 전정하고 내 말 좀 들어보게."

"그러죠."

최강철이 불안해하는 아버지의 어깨를 감싸 안았다.

얼마나 힘드셨을까.

미몽에서 깨어난 것처럼 아버지는 어쩔 줄 모르며 안재만과 자신을 번갈아 쳐다봤다.

방으로 들어섰을 때 아버지 눈에 담겨 있던 돈에 대한 욕심은 오로지 당신으로 인한 것이 아님을 너무나 잘 안다.

그랬기에 더 분노가 솟구쳤다.

아버지는 아들의 태도를 보면서 자신이 커다란 실수를 했다는 걸 직감했던지 떨리는 손으로 담배에 불을 붙이고 계셨다.

"아버지, 이젠 괜찮으니까 편하게 계세요. 나머지는 제가 알아서 할게요."

"그려, 그려라."

아버지를 진정시킨 최강철이 극동에서 내민 돈을 힐끔 쳐다본 후 계약서를 들어 올려 꼼꼼히 살폈다.

계약서의 내용은 볼 필요 없다.

단지 그가 궁금했던 것은 얼마나 대단한 사기를 치려고 이런 짓거리를 했는지 알고 싶었기 때문이다.

계약서를 보면서 최강철의 얼굴에 가소롭다는 웃음이 떠올랐다.

완전 노예 계약이다. 그것도 절대 알아볼 수 없을 정도로 전문적인 용어를 잔뜩 써놓아 아버지가 봤을 때는 지구 반대쪽에 있는 딴 세상 언어로 보일 정도였다.

"계약금 2천만 원이군요?"

"맞네, 신인에게는 최고의 계약금일세."

슬쩍 긴장한 표정으로 있었던 안재만이 최강철의 질문에 자신 있게 대답했다.

갑작스럽게 들이닥쳤기 때문에 잠시 긴장했지만 한편으로 생각하면 어차피 닥칠 일이었다는 생각도 들었다.

보나마나 이놈은 정 부장이 제시한 계약을 두 가지 이유 때문에 거절했을 것이다.

하나는 윤성호와의 의리 때문이고 또 하나는 돈 때문이다.

이 영악한 놈은 시간이라는 우군을 만들어 나중에 접촉해 온 대한과 우리를 경쟁시켜 더 많은 돈을 뜯어내려고 하는 것인지도 모른다.

계약서를 살피는 최강철을 보면서 속으로 웃었다.

이제 겨우 고등학교 3학년에 불과한 놈이 전문 용어가 가득 들어 있는 계약서 내용을 본다고 달라질 것이 있겠는가.

하지만 최강철의 입에서 계속 질문이 쏟아져 나오자 급격하게 그의 얼굴이 일그러지기 시작했다.

"계약 기간은 선수 생활 은퇴할 때까지이고, 위반할 경우 계약금의 10배를 물어줘야 한다고 되어 있네요. 맞나요?"

"그게… 그러니까 그건 혹시나 해서 만들어놓은 걸세. 언제든지 수정할 수 있는 내용이지."

"또 보죠. 대전료의 50%를 극동에서 가져가는 것으로 되어 있군요. 더군다나 매니저와 코치 비용은 선수가 지불하고 각종 경비도 선수의 대전료에서 제하는 것으로 명시되어 있네요. 요즘 프로모션은 선수들 대전료를 이렇게 많이 챙

깁니까?"

"허어, 이 사람아 프로모션도 먹고 살아야지."

"선수 등을 쳐서 말이죠. 제가 알기로 시합에서 얻어진 이익의 상당 부분을 프로모션이 가져가는 것으로 알고 있습니다. 선수의 대전료는 프로모션의 이익금과 각종 경비를 제하고 산정되는 건데 거기서 또 50%를 뗀단 말입니까?"

"그건 당연한 권리일세. 복싱 선수가 시합을 하기까지 프로모션이 하는 일을 생각해 봐."

"크큭… 최초 5번의 시합은 50만 원, 승률이 80%를 넘으면 그다음 시합은 100만 원으로 책정되어 있네요. 이게 세계 선수권대회에서 우승한 선수에게 최고의 대우라니 정말 놀랍군요."

"우리가 자네에게 해줄 수 있는 일을 생각해 보게. 그런 건 아무것도 아니야. 타이틀전에 나가면 그보다 훨씬 많은 돈을 받을 수 있어."

"그렇겠죠."

"더군다나 우리는 자네의 병역 제한 조건을 풀어줄 수 있네. 극동의 인맥을 통해서 정부 쪽에 줄을 댄다면 충분히 가능한 일이야. 정 안 되면 돈을 써서라도 자네를 군대에 안 가게 만들 수 있단 말이야."

"필요 없습니다."

"뭐라고… 지금 뭐라고 그랬나?"

"필요 없다고 그랬습니다. 그리고 이거 들고 당장 나가세요. 나는 극동과 계약할 생각이 전혀 없습니다. 이런 노예 계약을 가져와서 아버지를 속이려 했다니 정말 가증스럽군요."

"이봐, 말조심해. 어린 친구가 어디서 함부로 떠들어!"

"남의 집에 와서 소리를 지르는 건 당신입니다. 다시 한번 말할까요? 난 극동과 계약하지 않을 겁니다. 그러니 나가주세요."

"흐흐… 어린놈이 세상 물정을 모르는구나. 제법 괜찮은 실력을 가져서 좋은 조건에 스카우트를 하려고 했더니 정말 하늘 높은 줄 모르고 까부는구만. 나보고 일어나서 가라고 했어? 건방진 놈. 이 판에서 네가 나를 이렇게 모욕 줘놓고 클 수 있을 것 같으냐? 너는 우리 극동과 계약하지 않으면 글러브를 벗어야 할 거다. 대한을 믿는 모양인데 부질없는 짓이야. 왜냐하면 우린 같은 밥을 먹고사는 한 가족이거든. 내가 작정하고 너를 죽이겠다면 넌 살아남을 수 없다는 뜻이다. 알겠어?"

"그렇군요."

"지금은 그만 갈 테니 잘 생각해 봐. 프로 복싱으로 전향하고 싶으면 결국 내 손을 잡아야 할 거다. 내가 아니면 너는 누구와도 계약하지 못할 테니 말이야. 죽고 싶지 않으면 내 말

들어!"

"누가 죽는지 두고 보죠. 회장님 말대로 약한 자는 죽습니다. 대신 강한 자는 살아남아 세상을 호령한다는 걸 잊지 마십시오. 그리고 오늘 당신이 저한테 한 짓을 반드시 기억하겠습니다. 잘 가세요."

큰일 날 뻔했다. 오늘따라 윤 관장이 집안에 일이 있다고 일찍 들어가지 않았다면 아버지는 안재만의 술수에 넘어가 커다란 곤욕을 치렀을 것이다.

최강철은 씩씩거리며 나가는 안재만과 정기수의 뒷모습을 차가운 시선으로 바라보았다.

거머리 같은 자들.

선수들의 등을 쳐서 고혈을 갉아먹는 안재만의 행동을 확인하자 구역질이 올라왔다.

기다려. 안재만.

반드시 너의 비열하고 더러운 행동에 대해 철퇴를 내려줄 테니까.

＊   ＊   ＊

최강철은 세계 선수권대회가 끝난 후 자신에게 부족하다고 생각된 단점들을 보완하기 시작했다.

브릴랜드와 경기를 치르면서 많은 것을 느꼈다.

세계 최고의 테크닉을 지닌 브릴랜드의 펀치는 알고도 피하지 못한 경우가 있었는데 워낙 스피드가 빨랐고 예상치 못했던 각도에서 나왔기 때문이다.

물론 상당수의 펀치는 일부러 맞아준 것도 있다.

아마추어 복싱에서 쓰는 12온스 글러브의 파괴력이 워낙 떨어지기 때문에 자신의 펀치를 적중시키기 위해 상대방의 펀치를 끌어들인 경우였다.

하지만 프로 복싱에 들어가면 그런 짓을 할 수 없다.

프로 복싱에서 사용하는 8온스 글러브는 아마추어에서 사용하는 12온스 글러브에 비한다면 맨주먹과 다를 바 없어 더욱 완벽한 방어 기술이 필요했다.

더불어 브릴랜드가 구사했던 더블펀치를 집중적으로 연마했다.

시합을 하면서 더블펀치는 처음이라 전혀 대비하지 못했기 때문에 정타를 여러 번 맞았다.

브릴랜드의 더블펀치는 스트레이트와 훅, 어퍼컷 등 종류를 가리지 않고 쏟아져 나왔는데 상대의 방어를 순식간에 무너뜨릴 정도로 효과적인 것이었다.

그리고 가장 중점적으로 훈련한 것은 패닝에 의한 크로스 카운터였다.

상대의 펀치를 흘림과 동시에 반격하는 크로스 카운터는 작용과 반작용의 원리를 이용해 상대에게 충격을 주기 때문에 결정적인 순간 비장의 무기로 써먹을 수 있는 기술이었다.

학교 측의 우려와는 달리 최강철은 2학년 연말 고사에서도 전교 수석을 차지했다.

연속 KO승의 기록이 깨진 것처럼 전 과목 100점이란 기록도 깨졌다.

주요 과목이 아닌 한문에서 한 문제를 실수한 게 원인이었다.

복싱에서도 그랬지만 최강철은 기록이 깨진 것에 대해 조금도 아쉬움을 가지지 않았다.

사람은 완벽할 수 없다.

완벽한 인간은 발전할 수 없는 법이고 실수가 있어야 또 다른 진화를 이뤄낼 수 있기 때문이다.

*   *   *

되돌아보면 고등학교 시절의 시간들은 더없이 느리게 지나간 것 같았다.

의미 없는 삶의 연속.

그 삶이 주는 지겨움 속에서 더 많은 자유를 갈망하며 학교와 공부에 치여 사는 인생을 원망했고, 빨리 어른이 되어 마음껏 세상을 살아가려는 욕망에 시간이 빠르게 지나가기를 간절히 바랐다.

가장 아름다워야 했던 시절의 만용.

스스로를 갈고닦아야 했음에도 어리석었던 자아는 주변을 원망하기 바빴고 자신의 미래에 대한 두려움을 알지 못했다.

자신의 불행했던 삶은 청춘을 청춘답게 살지 못했기에 나타난 결과였다는 것을 너무나 잘 안다.

그랬기에 최강철은 모든 것에 최선을 다하며 시간을 보냈다.

영어가 어느 정도 마스터되자 일본어를 공부했고 중국어까지 손을 댔다.

향후 미래의 세계에서는 일본어와 중국어가 무척 중요해진다는 것을 알기 때문이다.

겨울 방학이 찾아왔고 최강철은 시간을 반으로 쪼개어 공부와 훈련을 반복하며 지냈다.

시간이 지날수록 진화하고 있다는 것이 느껴졌다.

이제 신체는 거의 완벽하게 자리 잡고 있었다.

꾸준히 반복된 근력 강화 운동의 결과다. 겨울방학이 끝났을 때 그의 평상시 몸무게는 정확하게 70kg을 유지했는데 웰터급에 최적화된 몸무게였다.

시합에 출전하기 위해서는 3kg을 감량해야 되었지만 그건 아무것도 아니었다.

이 정도의 몸무게를 계속 유지한다면 웰터급을 평정했을 때 미들급으로 전향하는 것도 무리가 되지 않을 것이다.

방학 기간 동안 최강철은 자신의 주 무기들을 가다듬는 데 최선을 다했다.

레프트 잽의 스피드와 강도를 최대한 끌어올리기 위해 360도 회전 타격 훈련을 매일같이 반복했고 콤비네이션 강화를 위해서 기구까지 특별히 고안했는데 펀치 볼이 여섯 개나 달린 것이었다.

더불어 신무기로 장착한 더블펀치와 패닝에 이은 크로스 카운터를 즉시 실전에 써먹을 수 있을 정도로 훈련했다.

자신의 예상처럼 윤성호가 국가 대표 코치로 발탁된 것은 겨울방학이 끝나기 바로 직전이었다.

대통령이 직접 칭찬한 적이 있었으니 협회장은 한 자리가 빈 국가 대표 코치직에 다른 사람을 염두에 두지 못했을 것이다.

윤성호는 국가 대표 코치 제의를 수락한 후 체육관 뒤편에 숨어서 펑펑 울었다.

못다 했던 청춘의 꿈을 최강철로 인해 다시 시작했고 국가 대표 코치라는 영광을 얻었으니 당장 죽어도 여한이 없을 정도였다.

국가 대표 코치는 한시적 임무를 띠고 있었기에 국가 대표가 소집되지 않는 한 할 일이 없는 보직이었다.

그럼에도 돈은 나온다. 비록 적었으나 국가에서 정기적으로 돈이 들어온다는 건 커다란 즐거움이었다.

하지만 진짜 즐거운 일은 체육관 전면에 새로운 현수막을 걸 수 있다는 것이었다.

세계 선수권대회 우승자 배출에 이어 그가 국가 대표 코치로 임명되었다는 사실은 훨씬 많은 관원들을 끌어모으는 계기가 되었다.

살판났다.

좁았던 체육관을 개조해서 장비도 새로 들여놨고 안 쓰던 건물 2층까지 세를 빌려 공간을 넓혔다.

코치진도 2명이나 더 보강했다. 관원들의 숫자가 400명에 달하자 체육관의 살림살이는 점점 여유를 찾아갔다.

*   *   *

"강철아, 빨리 와. 이 자식아, 이제 시작한다니까!"

이성일이 사무실에서 튀어나오며 소리를 버럭버럭 질렀다.

이미 사무실에는 20여 명의 관원이 잔뜩 몰려 있었는데 최충일의 세계 타이틀전이 벌어지기 때문이다.

지금쯤 길거리에는 개미 새끼 하나 없을 것이다.

이때의 프로 복싱 인기는 절정을 구가했는데 세계 타이틀전이 벌어지는 날이면 동네 주민들이 전부 모여 응원전을 펼쳤기 때문에 거리에는 사람 구경 하기가 어려울 정도였다.

화장실에서 나와 이성일을 따라 사무실로 들어갔다.

윤 관장은 맨 앞좌석에 앉아 최강철이 들어오자 비어 있는 옆자리에 앉으라는 신호를 보내왔다.

빠르게 걸어 들어가 자리에 앉았다.

텔레비전 화면에서는 타이틀전에 앞서 공식 행사가 벌어지고 있었다.

경기는 필리핀에서 열렸기에 위성으로 중계되는 중이었다.

최충일.

아마추어 전적 78승 5패, 54KO승을 기록한 엘리트 복서로 방콕 아시안게임에서 금메달을 딴 후 프로로 전향, 타이틀전에 도전하는 지금 13승 무패, 12KO승을 기록하고 있는 강자였다.

정말 대단한 전적이다.

경량급인 슈퍼 페더급에서 이 정도의 KO율은 가히 경이적이라고 표현할 만했다.

"강철아, 최충일의 스트레이트를 잘 봐라."

"예."

"저놈의 스트레이트는 당대 제일이라고 알려져 있어. 얼마나 예리한지 살갗이 베일 정도라고 해. 펀치의 수발과 각도가 완벽하고 스피드도 눈에 보이지 않을 정도로 빠르지."

"KO율이 좋네요."

"상대한 놈들은 전부 5회를 넘기지 못했어. 워낙 스트레이트 위력이 대단해서 당한 놈들 얘기로는 망치로 맞은 것 같다고 하더라. 아마 나바라테도 버티기 힘들 거야."

"버티면요?"

"응?"

"챔피언은 백전노장입니다. 최충일 선수가 상대했던 상대들과는 근본적으로 다른 레벨이에요. 만약 나바레테가 5회를 무사히 넘기게 되면 후반에 위험할 것 같아요."

"하긴, 최충일은 10라운드를 뛰어본 경험이 거의 없으니까. 하지만 신문 기사를 보니 지옥 훈련을 통해 체력이 좋아졌다고 하더군. 기대해도 될 거야."

"글쎄요."

최강철은 윤 관장의 의견에 별다른 토를 달지 않았다.

그렇다고 수긍을 한 것도 아니었다.

전생에서 다시 돌아온 후 모든 것이 똑같이 반복되지 않는다는 걸 배웠기에 아무 말도 할 수 없었다.

당장 자신의 삶을 보더라도 그렇다. 자신은 예전의 패배자가 아니었고 주변 사람들에게 영향을 끼치며 새로운 삶을 만들어내고 있었다.

루시퍼가 새로 준 삶이 어디까지 사람들의 삶에 관여되는 것인지 지금으로서는 도저히 알 방법이 없었다.

이윽고 경기가 시작되자 몰려든 관원들의 입에서 연신 탄성과 고함이 터져 나오기 시작했다.

경기는 1라운드부터 치열하게 전개되고 있었다.

윤 관장의 말대로 최충일의 스트레이트는 번개처럼 빨랐고 강력한 위력을 가져 나바레테의 안면을 연신 흔들어놓았다.

자신의 우려와는 다르게 최충일의 움직임은 무척 가벼웠는데 엄청난 훈련량을 소화했다는 말이 사실인 것 같았다.

일방적인 경기.

유리한 경기를 이끌던 최충일이 5라운드에서 다운을 뺏어내는 순간 관원들이 전부 한꺼번에 일어나며 두 손을 번쩍 치켜들었다.

강력한 라이트스트레이트.

다운을 당한 나바라테는 카운터 3에 일어났으나 머리를 흔들며 정신을 차리기 위해 애를 쓰고 있었다.

하지만 필리핀 적지에서 벌어졌기 때문인지 챔피언이 일어나자마자 12초나 빠르게 공이 울려 절호의 찬스를 놓쳤다.

정말 기가 막힌 일이었다. 아무리 적지라 해도 라운드를 일찍 끝내는 짓까지 한다는 건 상상조차 하지 못한 일이었다.

결국 최충일은 6회부터 정신을 차린 노련한 나바레테의 경기 운영에 말려들어 11회에 KO패를 당하고 말았다.

결과는 바뀌지 않았다. 전생의 결과는 현실에서도 똑같이 벌어졌다.

"이런 병신, 저놈의 유리 턱. 도대체 저런 주먹을 맞고 쓰러진다는 게 말이나 돼!"

그렇게 위력이 큰 펀치에 맞은 것이 아니었음에도 지쳐 있던 최충일이 나바레테의 레프트 훅에 쓰러져 더 이상 일어나지 못하자 윤 관장이 버럭버럭 소리를 질러댔다.

그건 관원들도 마찬가지였다.

실망 때문이다. 그리고 역전 KO패였기에 더욱 화가 났을 것이다.

최강철은 그런 윤 관장과 관원들을 바라보며 두 눈을 지그시 오므렸다.

오늘도 한 가지 배웠다.

최충일의 공격력은 챔피언을 압도했으나 맷집과 체력은 그렇지 못했다.

복싱은 우수한 공격력이 있다고 적을 이기는 것이 아니라 상대를 이길 수 있는 훨씬 많은 무기가 있어야 한다는 걸 이 시합이 단적으로 보여주었다.

잘 싸우고 졌다는 말은 아무런 의미가 없다.

반드시 이겨야 하는 것… 이겨서 우뚝 서는 것만이 바로 정의이고 영광이다.

*   *   *

겨울방학 동안의 집중적인 훈련 결과는 명확하게 나타났다.

1982년, 고등학교 3학년이던 7월 최강철은 서울에서 벌어진 아시아 복싱 선수권대회에서 5연속 KO승으로 우승을 차지했다.

4월에 치러진 국가 대표 선발전까지 감안한다면 9연속 KO승이었다.

총 전적 33전, 33승, 32KO승.

아시아 선수권대회는 아시안게임을 대비해서 각국의 주전들이 대거 불참했기 때문에 반쪽 대회가 되었음에도 그의 KO 행진은 언론의 주목을 한 몸에 받았다.

대회를 지켜본 복싱 관계자들의 평가는 침이 마를 정도로 칭찬 일색이었고 그가 아시안게임에서 한국 킬러인 일본의 히로키를 잡을 수 있을 것이란 전망을 앞다퉈 보도했다.

최강철이 각국의 주전들이 대거 빠진 아시아 선수권대회에 출전하겠다고 했을 때 복싱 협회의 사무장 유광호와 국가 대표 코치진은 결사적으로 말렸다.

괜히 출전했다가 강력한 금메달 후보인 최강철이 부상이라도 당해서 4개월 후에 있는 아시안게임에 참여하지 못한다면 낭패도 그런 낭패가 없었다.

그럼에도 최강철은 그들의 만류를 뿌리치고 출전을 강행했다.

진정한 훈련은 실전을 통해 이뤄지기 때문에 수준급의 선수들을 상대로 지금까지 새롭게 진화시킨 자신의 기술들을 시험해 보고 싶었기 때문이다.

관원들이 부쩍 늘었어도 여전히 성호체육관에서는 스파링 파트너를 구할 수 없었는데 윤 관장이 서울시를 전부 뒤져가며 간신히 괜찮다는 파트너를 구해왔어도 제대로 된 훈련을 할 수 없었다.

워낙 실력의 격차가 컸기 때문이다.

이제 최강철의 펀치를 감당하기 위해서는 국가 대표급은 되어야 가능했다.

아시아 선수권대회에서 최강철은 모든 경기를 3라운드에 끝냈다.

1라운드에서는 상대 선수의 공격을 최대한 받아주며 그동안 익혀왔던 방어 기술들을 시험했고 2, 3라운드에서는 자신의 진화된 공격 기술들을 펼쳐 일방적인 경기 끝에 모든 경기를 KO로 끝냈다.

비록 강자들이 출전하지 않았기 때문에 수준이 조금 떨어진 대회였으나 최강철의 폭풍 같은 질주는 정말 무시무시한 것이었다.

이제 남은 국제경기는 아시안게임뿐이다.

각국의 정예들이 모두 출격하는 아시안게임만 휩쓸어 버린다면 프로 복싱에 진출하려는 계획은 완벽하게 충족된다.

벌써 더 럼블의 톰슨은 두 번이나 그를 만나기 위해 서울로 날아왔는데 아시안게임에서 금메달만 따면 병역 제약 조건을 무조건 풀 수 있도록 조치하고 있는 중이란 사실을 알려왔다.

사실일 것이다.

더 럼블 정도의 로비력이라면 돈에 죽고 사는 신군부 정권의 실세들을 완벽하게 손아귀에 틀어쥘 수 있을 테니 말이다.

제14장
그곳으로 간다 I

고3이 되었으나 청춘들의 피는 쉽게 식지 않았다.

대학에 가기 위해 정신없이 공부하는 와중에도 친구들은 아시아 선수권대회가 서울에서 벌어졌기 때문에 경기가 있을 때마다 떼로 몰려와 응원을 하곤 했다.

특히 이성일은 전 경기를 한 번도 빼놓지 않고 달려왔는데 수업은 아예 뒷전으로 미룬 채였다.

그들에게는 최강철이 영웅이다.

비록 같은 나이였으나 전교 수석을 놓치지 않았고, 아마추어 복싱마저 휩쓸어 자신의 길을 묵묵히 걸어가고 있으니 그들의 눈에는 영웅으로 보이기에 충분하고도 남았다.

시합을 끝내고 돌아온 교실은 여전했다.

교실은 대학 입시가 눈앞으로 다가오고 있어도 언제나 활력이 넘쳤다.

청춘들이 차지하고 있는 이 공간은 언제나 푸르렀고 유쾌했으며 웃음꽃이 가득했다.

최강철로 인해 블랙 서클이 완전히 자취를 감추었기 때문에 더욱 그랬을 것이다.

야수들이 사라진 교실은 청춘들의 낭만들이 자욱했으니까.

반에서 가장 활기차고 엉뚱한 신세원이 교탁으로 나선 것은 조례가 시작되기 10분 전이었다.

아직 수업이 시작되기 전이라 학생들은 삼삼오오 모여 어제 있었던 일들을 떠들고 있었다.

"야, 니들 어제 인간시장 4권 나왔다는 거 알아?"

"뭐라고? 정말이야? 그게 어제 나왔다고!"

신세원이 자랑스럽게 품에서 책을 꺼내 들어 하늘로 치켜들자 모든 학생의 시선이 단숨에 한곳으로 몰렸다.

바로 그가 들고 있는 반짝반짝한 책을 향해서였다.

인간시장.

나중에 국회의원까지 했던 김홍신이 써서 공전절후의 히트를 친 소설이었다.

군부독재의 압박에 시달리며 절망했던 대중들은 인간시장의 주인공 장총찬의 활약을 읽을 때마다 통쾌함으로 몸부림을 쳤다.

자신이 하지 못하는 일을 대신해 주는 장총찬의 정의는 사람들에게 통쾌함과 시원함을 선물해 주기에 충분한 것이었다.

정문고 학생들에게도 인간시장의 인기는 폭발적이었다.

워낙 엄청난 인기를 얻고 있었기에 서점에서는 인간시장이 새로 나올 때마다 커다랗게 벽보를 걸어놓고 선전할 정도였는데 신세원이 운 좋게 구한 것 같았다.

책을 사는 것조차 힘들었다. 워낙 불티나게 팔려 나가서 새로 나온 인간시장의 연결권을 산다는 것은 쉬운 일이 아니었다.

"내가 어제 밤새도록 읽었는데 죽여주더라고. 장총찬이 막붕붕 날라다니며 나쁜 놈들을 때려 부수는데 몸이 덜덜 떨렸어. 다혜와의 알콩달콩. 와아, 미치겠더라. 이번 권에서는 다혜하고 키스하는 장면도 나와."

"야, 인마. 내용 말하지 마!"

신세원이 슬쩍 내용을 말하자 친구들이 소리를 바락바락지르며 그가 더 이상 말하지 못하도록 막았다.

책의 내용을 먼저 발설하는 건 사족을 멸할 정도로 싸가지에 밥 말아 먹은 놈이나 하는 짓이었다.

인터넷도 없고 당연히 게임도 없다.

그랬기에 친구들이 할 수 있는 건 맨땅에서 축구하는 것과 친구들과 어울려 다니며 분식집이나 드나드는 게 전부인 시절이었다.

그 당시 사람들이 책을 많이 읽었던 건 시대적 상황이 그랬기 때문이다.

친구들의 아우성에 입맛을 다신 신세원이 교탁에서 물러나 자기 자리로 돌아가며 최강철을 바라보았다.

빌려달라고 손만 내밀면 즉시 빌려주겠다는 시선이었다.

최강철은 빙그레 웃으며 그의 시선을 피했다.

전생에 읽었던 내용이지만 다시 보면 재미있을 것이다. 그러나 지금은 자신보다 다른 친구들이 더 필요할 거다.

*   *   *

금년 들어 정문고는 교복 자율화가 시범 운영 되면서 학생들의 복장은 일률적인 교복에서 사복으로 바뀌었다.

학생들의 신체를 구속했던 검은색 교복은 완전히 사라져 버렸고 갖가지 옷들로 교실이 물들었다.

학생들의 자유 의지를 높여주기 위해서는 교복 자율화가 필요하다며 찬성한 사람들도 많았으나 학부모들 중에는 반대한 사람들도 많았다.

바로 없는 사람들이다.

교복을 입고 학교에 갈 때는 자식들의 옷을 걱정하지 않아도 되었지만 교복 자율화가 되자 가난한 사람들은 커다란 고민에 직면할 수밖에 없었다.

아들과 딸에게 추리닝을 입혀서 학교에 보낼 수 없기 때문이다.

그럼에도 현실은 냉정해서 새 옷을 사 입히지 못하는 부모들이 많아 교실은 있는 자와 없는 자들의 구분이 옷으로 뚜렷하게 구분되었다.

이성일이 사악한 미소를 지으며 가방에서 뭔가 주섬주섬 꺼낸 것은 점심을 먹은 친구 놈들이 뒤편에서 짤짤이를 시작할 때였다.

"강철아, 학생중앙 7월호 나왔다. 애 봐라, 죽여주지 않냐?"

가방에서 화려한 표지의 책이 나오자 짤짤이를 구경하던 놈들이 떼로 몰려들었다.

그들의 눈은 학생중앙 표지를 장식하고 있는 여학생에게 고정되어 있었는데 눈들이 전부 하트로 변해 있었다.

활짝 웃고 있는 표지 모델은 청초하고 너무 예뻐서 도저히 인간으로 보이지 않을 정도였다.

"얘 이름이 강수연이란다."

이성일의 설명을 듣고 나자 헛웃음이 흘러나왔다.

얘가 강수연이라고?

자세히 들여다봤다. 그렇구나, 맞다. 비록 어렸으나 그 아름다웠던 미소가 그대로 들어 있다.

강수연은 베니스국제영화제 여우주연상을 비롯해서 수많은 상을 탄 전력이 있을 정도로 유명한 영화배우로 성장한다.

하지만 지금의 사진 속 모습은 청춘의 가슴을 펄떡이게 만들 만큼 순수해 보였다.

"이 자식아, 그만 들여다봐라. 책 빵꾸 나겠다."

"예쁘네."

"이제 고등학교 1학년이래. 동명고. 우리 학교랑 그렇게 멀지 않아. 어때, 내가 소개시켜 줄까? 최강철 정도라면 충분히 어울릴 것 같은데?"

"미친놈아, 네가 얘를 어떻게 알아?"

최강철이 묻자 옆에서 침을 질질 흘리던 놈들도 전부 한마디씩 했다.

그들의 눈에는 기대감이 잔뜩 들어 있었다. 혹시라도 이성일이 강수연과 무슨 관계가 있을지 모른다고 생각하는 것 같았다.

그러자 이성일의 얼굴에서 사악한 미소가 떠올랐다.

"인마, 여자를 처음부터 아는 놈이 어디 있어. 부딪치고 깨지면서 알아가는 거지. 생각 있으면 말만 해. 내가 쫓아가서 최강철이 사귀고 싶다는 걸 알려줄 테니까."

그럼, 그렇지.

자신이 알고 있는 이성일은 절대 강수연과 어떤 관계가 있을 놈이 아니다.

그럼에도 슬쩍 기대감이 있었던 건 사진 속의 그녀가 너무나 예뻤기 때문일 것이다.

속마음을 들킨 것 같아서 얼굴이 슬쩍 붉어졌다.

그랬기에 최강철은 벌떡 일어나 이성일의 멱살을 틀어쥐고 당장 소개시켜 달라며 신경질을 부렸다.

*　　　　　*　　　　　*

복싱 기술과 피지컬이 어느 정도 완성되자 여유를 찾았다.

사람은 기계가 아니라 휴식이 필요했고 청춘으로 돌아왔으니 그 나이게 맞게 사는 법도 필요했다.

윤성호는 시합이 있을 때를 제외하고는 체육관을 일주일에 한 번씩 쉬었기 때문에 매주 월요일이면 복싱에서 물러나 편안하게 휴식을 즐겼다.

이성일과 어울려 농구도 했고 친구들과 몰려가 분식집에 들러 라면과 떡볶이도 먹었다.

그런 시간을 보낼 때마다 즐거웠다.

새로운 인생을 산다는 것은 숨 쉬는 것만으로도 충분히 아름다웠다.

시간이 흘러 아시안게임이 눈앞으로 다가오자 국가 대표의 소집령이 내려졌다.

이번 아시안게임에서는 일본을 꺾고 1위에 오르는 것이 체육부의 목표였기 때문에 국가 대표들은 3개월 전에 전부 태릉선수촌에 입소해야 했다.

그러나 최강철은 복싱 협회에 시험을 이유로 들어 입소를 연기했다.

복싱 협회에서는 그가 고등학생 신분이었고 대학에 가기 위해 공부하고 있다는 것을 감안해서 흔쾌히 허락해 주었다.

올해의 화두는 당연히 프로야구의 출범이었다.

1월 OB베어즈의 출범을 시작으로 프로야구단이 창단되었는데, 일본에서 넘어온 백인천 선수는 감독을 겸임하면서 4할대를 치고 있었다.

정말 놀라운 일이다.

일본과 한국의 레벨 차가 있다 해도 이제 은퇴를 앞둔 사람이 꿈의 타율을 기록한다는 것은 기적에 가까운 일이었다.

그러나 전 국민의 시선을 한곳에 모은 것은 세계 야구 선수권대회였다.

전두환 정권은 자신들의 권력을 효율적으로 유지하기 위해 프로야구 출범에 이어 세계 야구 선수권을 서울에 유치했는데, 상당수의 국가 대표 선수들은 이 대회를 위해 프로야구 출범에 참여하지 못했다.

10개국이 참여해서 자웅을 겨뤘고 운명의 마지막 날이 다가왔다.

풀 리그를 벌여 우승자를 가리는 이 대회 방식의 특성상 마지막 일본 경기는 전 국민의 관심을 한 몸에 끌어모았다.

지금까지의 전적은 양국이 모두 7승 1패로 동률을 유지하고 있었다.

전 국민의 관심이 몰린 가운데 잠실야구장에서 운명의 승부가 벌어졌다.

일본이 학생들의 교과서에 역사 왜곡에 관한 내용을 포함시킴으로써 반일 감정이 극에 달한 상태였기에 반드시 이겨야 되는 경기였다.

또다시 길거리가 한산하게 변했다.

어른들은 다방으로 몰려갔고 그렇지 못한 사람들은 텔레비전이 있는 집으로 모여들었다.

여유가 있는 사람들은 잠실야구장으로 달려갔는데 얼마나 많은 사람이 몰렸는지 이제 막 개발이 시작된 잠실 주변이 사람들로 인산인해를 이룰 지경이었다.

그 속에 최강철과 윤성호, 이성일이 촌놈들처럼 주변을 두리번거리며 걸었다.

오늘 그들이 이곳에 온 것은 야구광인 윤성호가 같이 가자며 거금을 들여 표를 구해놨기 때문이다.

윤성호는 국가 대표 코치 자격으로 벌써 태릉선수촌에 들어가 있었지만 오늘을 위해 휴가까지 내고 나왔다.

슬금슬금 포장마차 쪽으로 걸어가는 윤성호를 향해 최강철이 불쑥 물었다.

경기장 주변에는 빼곡하게 포장마차들이 들어차 있었는데 마치 야시장처럼 보였다.

"관장님, 술 사려고 그러죠?"

"춥다. 이런 날은 오징어에 소주를 먹어줘야 해."

"웬만하면 그냥 들어가요. 경기장에서 술 먹는 거 아닙니다."

"아니긴 뭐가 아냐, 다들 마시는데. 소주를 마시면서 응원해야 흥이 나는 법이라고."

윤성호가 만류하는 최강철에게 대답하며 사람들을 가리켰
다.

그의 말대로 포장마차에 가득 들어찬 사람들은 안주거리와
소주를 봉지에 담아가고 있었다. 너무나 자연스러워 잘못된
일이란 생각이 들지 않았다.

지금 같아서는 꿈도 꾸지 못할 일이었지만 그 당시만 해도
당연하게 벌어진 일이었다.

"와아, 와아!"

경기장에 몰려든 관중들의 숫자는 헤아리지 못할 정도였
다.

신축된 잠실경기장을 꽉 채웠는데 양국 선수들이 나오자
폭탄처럼 거대한 함성이 울려 퍼졌다.

일방적인 응원의 물결.

가뜩이나 좋지 않았던 한일 감정은 일본 교과서 왜곡으로
인해 폭발 직전까지 몰렸기 때문에 관중들을 일본 대표단을
향해 쌍욕을 서슴지 않았다.

이윽고 경기가 시작되자 관중들의 탄식이 이어졌다.

1회부터 내야수가 실책을 하면서 2점을 준 후 7회까지 단
1안타의 빈공을 하면서 한국 대표단이 일방적으로 끌려갔기
때문이다.

"도대체 저것들이 국가 대표 맞냐? 어째 치지를 못하는 거야."

"일본 투수가 대단해서 그래요. 일본 프로야구는 역사가 벌써 44년이나 되었지만 우리는 이제 겨우 출범했으니 차이가 날 수밖에요."

"넌 일본 편이냐?"

"사실을 말했을 뿐입니다."

시비를 거는 윤성호를 향해 대답을 한 후 최강철이 고개를 홱 돌렸다.

소주를 마셔 얼굴이 붉어진 그는 어떻게든 꼬투리를 잡아 분풀이를 하고 싶어 했지만 눈치 빠른 최강철이 외면했기 때문에 전쟁은 벌어지지 않았다.

운명의 8회말.

연속 2안타로 1점을 뽑은 후 1사 3루에서 김재박이 개구리 번트로 극적인 동점을 만들자 잠실운동장은 난리가 났다.

관중들은 전부 일어서서 함성을 질렀는데 윤성호는 펄쩍펄쩍 뛰다가 금쪽같은 소주를 반이나 흘렸다.

"아이고, 심장 터져 죽겠네."

"관장님, 장가는 가고 죽어야죠. 침착, 침착하세요."

덩달아 펄펄 뛰던 이성일이 윤성호를 끌어당겨 자리에 앉게 만들었다.

참 대단한 콤비다. 이성일도 야구라면 사족을 못 썼는데 윤성호가 입장권을 마련해 줬기 때문인지 오늘은 개인 비서처럼 행동하고 있었다.

하지만 그들의 흥분은 이어진 찬스에서 한대화가 3점 홈런을 터뜨리는 순간 절정에 달했다.

모두 일어나 덩실덩실 춤을 췄고 서로를 껴안은 채 기쁨을 숨기지 못했다.

역사는 바뀌지 않았고 그날의 흥분을 직접 보게 되자 감회가 새로웠다.

최강철은 기뻐서 서로를 끌어안고 펄쩍거리는 윤성호와 이성일을 바라보며 한숨을 길게 내리쉬었다.

자신이 꿈꾸고 계획한 대로 이루어진다면 지금까지는 변화되지 않았지만 미래의 역사는 바뀌게 될지도 모르기 때문이다.

제15장
그곳으로 간다 II

3학년 담임선생 박문기는 역사를 가르쳤다.

그의 별명은 불도그로 통했으나 워낙 학생들을 잘 이해했기 때문에 인기가 많았다.

중간고사가 끝난 후 최강철이 대표 팀 소집에 응하기 위해 교무실로 인사차 들어가자 박문기의 안색이 잔뜩 흐려졌다.

그로서는 정말 당황스러운 일이었을 것이다.

전교 수석, 그것도 정문고 역사에서 전무후무한 성적을 거두고 있는 최강철이 학력고사를 얼마 남겨놓지 않고 태릉선수촌에 들어간다는 것은 담임선생으로서 절대 반길 수 없는 일이었다.

그 누구보다 최강철은 서울대에 근접한 놈이었다.

정문고의 역사는 30년이나 되었지만 지금까지 서울대에 진학한 졸업생은 한 명도 없었다.

그랬기에 안타까움을 숨길 수 없었다.

"강철아, 앉아라."

"예, 선생님."

"나는 너한테 무슨 말을 해야 할지 모르겠다. 공부를 잘하든지 복싱을 잘하든지 둘 중 하나만 잘했으면 얼마나 좋아. 정말 답답하구나."

무슨 말인지 안다.

그랬기에 최강철은 빙그레 웃으며 그의 얼굴을 바라보기만 했다.

"강철아, 너는 정말 뛰어난 놈이다. 뭐를 해도 성공할 놈이야. 하지만 선생님은 네가 공부하기를 원해. 복싱은 반짝하다가 그만이지만 서울대를 가서 열심히 하면 넌 평생 동안 성공적인 삶을 살아갈 수 있어."

"압니다."

"그래, 이제 어쩔 셈이냐. 이런 중요한 시간에 한 달 반이나 공부를 하지 못하면 결국 네 인생 전부를 실패하게 될지도 몰라. 그까짓 금메달 따서 뭐 한단 말이냐. 너같이 똑똑한 놈이 정말 프로로 가서 피 터지게 주먹질을 하겠다는 거야?"

"저에게는 꿈이 있습니다. 제가 가고자 하는 길도 명확하게 서 있고요. 맞아요, 저는 프로로 전향해서 돈을 벌 생각입니다."

"왜, 부모님 때문이냐?"

"부모님은 저 때문에 지금까지 많은 희생을 강요당하며 살아오셨습니다. 제가 잘하는 것으로 그 은혜에 보답해야죠."

"대학은 어쩌고!"

"거기서도 틈틈이 공부할 생각입니다. 저는 복싱도 중요하지만 공부도 그에 못지않게 중요하다고 생각합니다. 반드시 서울대에 갈 테니 걱정하지 마세요."

"음……."

최강철이 대답했으나 박문기는 고개를 끄덕이지 못했다.

서울대는 전국에서 날고 기는 놈들만 모이는 곳이라 아무리 최강철이라 해도 전력을 다해 공부하지 않으면 실패할 가능성이 농후했기 때문이다.

*   *   *

뉴델리 아시안게임은 야구, 농구, 축구 등 23개 종목을 겨루는 것으로 되어 있었다.

그동안 아시안게임은 일본의 독무대였다.

일본은 지금까지 연속으로 1위를 차지해 왔는데 거의 전 종목을 석권해 왔다.

체육부에서 이번 대회만큼은 일본을 제치고 1위를 해야 한다며 선수들을 독려하고 있는 것은 스포츠 쪽으로 국민들의 관심을 돌리려는 정부의 방침이 너무나 확고했기 때문이다.

충분히 가능성은 있어 보였다.

복싱과 양궁, 수영, 유도 등에서 강세를 보여 다른 종목에서 선전만 해준다면 1위라는 꿈이 불가능한 것은 아니었다.

최강철은 부모님께 큰 절을 올리고 태릉선수촌으로 떠났다.

인도 뉴델리로 출발하기 전 잠깐 다시 들르겠지만 한 달 반이란 긴 시간 동안 집을 떠나야 했기 때문에 어머니의 걱정하는 눈을 보자 가슴이 먹먹해졌다.

이번 아시안게임을 대비해서 태릉선수촌으로 들어온 종목은 복싱과 유도, 레슬링, 역도, 체조 등 5개 종목뿐이었다.

다른 종목들은 태릉선수촌이 워낙 좁아 별도로 지정된 장소에서 합숙 훈련을 했는데 23개 종목이나 되다 보니 서울 각지에 흩어져 있었다.

태릉선수촌의 정문에 도착하자 기다리고 있던 윤성호가 바람처럼 나타났다.

"이 자식아, 왜 이렇게 늦었어. 30분이나 기다렸잖아!"

"버스가 어디 제 맘처럼 움직이나요. 시내에서 조금 막혔고 차 갈아타느라 기다리다 보니 시간이 더 걸렸어요."

"하여간 잘 왔다. 들어가자."

윤성호가 팔을 번쩍 들어 최강철의 어깨에 올려놨다.

나름대로 반가움의 표현이었겠지만 작은 키의 그가 팔을 올려놓고 걷자 마치 딸려가는 것처럼 보였다.

숙소를 배정받은 후 먼저 들어와 훈련받고 있는 선수들을 만나 인사를 나눴다.

거기에는 세계 선수권대회에서 만났던 김동길과 허영모가 포함되어 있었는데 나머지는 처음 보는 사람들이었다.

여기서도 최강철은 막내였다.

가운데 있던 선수가 불쑥 나서서 입을 연 것은 최강철이 운동 장비를 챙겨 훈련을 준비할 때였다.

"반갑다. 나는 문성길이야. 네가 그렇게 잘 친다며?"

"열심히 하다 보니 성적이 좋게 나온 것 같습니다. 앞으로 잘 부탁드립니다."

"성격도 싹싹하고 좋네."

"고맙습니다."

"앞으로 너는 물 당번이다. 훈련 끝나면 청소는 기본이고.
알지?"

"예."

"원래 막내는 그런 거니까 억울해하지 마라. 네가 없어서 지
금까지 내가 전부 했거든. 힘들더라도 참아. 시간 날 때마다
도와줄게."

"예."

어깨를 툭툭 치고 돌아서는 그를 향해 최강철이 웃음을 지
었다.

돌주먹 문성길.

한국 복싱 역사상 탑5에 들어갈 정도로 좋은 펀치력과 테
크닉을 보유한 그는 세계 챔피언까지 지낸 천재 복서였다.

여기서 보게 될 줄은 꿈에도 생각하지 못했지만 막상 보게
되자 반갑다는 생각이 들었다.

첫 인상이 나쁘지는 않다. 솔직히 자신의 마음을 표현할 줄
아는 그의 성격은 사내다움을 그대로 나타내고 있었다.

*   *   *

선수들의 땀은 진하다.

하루 종일 금메달을 목표로 뒹구는 그들의 땀은 소금기에 젖어 더없이 짰다.

국가 대표 코치진이 마련해 놓은 훈련 스케줄은 그야말로 살인적인 것이었다.

아침 7시에 기상해서 1시간 동안 로드워크로 하체를 단련했고 아침을 먹은 후 근력 강화 운동과 섀도복싱, 산악 체력 훈련을 소화했다.

점심을 먹고 나서는 코치진과 함께 실전 훈련을 시행했는데 코치들이 돌아가면서 공격과 방어 능력 향상을 위해 집중 조련 했다.

그나마 다행인 것은 오후 5시가 되면 모든 일과가 끝나고 휴식에 들어간다는 것이었다.

다른 선수들은 거의 탈진 직전까지 갔으나 최강철은 일과가 끝나면 저녁을 먹은 후 공부를 했다.

피지컬이 완성 단계에 들어서면서 그의 체력은 살인적인 훈련에도 꼿꼿하게 버틸 만큼 강해져 있었다.

뉴델리로 출발하기 전날 학력고사를 봐야 했기 때문에 지금까지 공부해 왔던 것들을 체계적으로 복습했다.

그런 최강철을 보면서 선배들은 괴물이라 불렀다.

태릉선수촌에 들어와 유일한 즐거움은 체조 선수들을 본다
는 것이었다.

그녀들은 남자 체조 선수들과 같이 훈련했는데 일과가 달
랐기 때문에 다른 종목 선수들과는 마주칠 일이 없었지만 식
사 시간이 되면 여지없이 부딪혔다.

예쁘고 늘씬하다.

다른 종목도 아니고 체조라 그런지 여자들의 몸매는 예
술이라 표현할 수 있을 정도로 완벽한 곡선을 그리고 있었
다.

선배들은 여자 체조 선수들을 볼 때마다 정신을 차리지 못
했다.

전부 총각들로 구성된 그들은 마치 군대에 온 사람들처럼
식사 시간이 될 때마다 넋을 잃고 그녀들을 바라보았다.

최강철이 이곳에 와서 가장 좋아한 시간은 저녁을 먹은 후
운동장이 보이는 언덕에 앉아서 상상의 나래를 펼치는 것이었
다.

상상이자 계획이다.

미래를 모르는 자들에게는 터무니없는 상상이겠지만 최강
철에게는 구체적인 계획이었고 다가올 미래에 대한 즐거움이
었다.

오늘따라 서쪽 하늘을 붉게 물들인 노을이 너무나 아름다

웠다.

하늘에는 갖가지 문양의 구름들이 노을을 맞아 자신의 아름다움을 과시했고 산은 붉게 타오르며 자신의 웅장함을 뽐내고 있었다.

뒤편에서 갑작스럽게 음성이 들려온 것은 노을에 시선을 맞춘 채 인천에 있는 큰누나를 생각하고 있을 때였다.

큰누나는 그의 인생에서 가장 커다란 영향력을 미친 사람 중 하나였다.

언제나 푸근한 마음으로 자신을 감싸주었고 불행했던 자신의 삶을 위로하며 언제나 가슴 아파했다.

"오늘도 여기 있네요?"

청아한 음성.

여자다.

의외의 목소리에 뒤를 돌아보자 노을을 고스란히 맞으며 다가온 여자가 보였다.

이런……

이문영이다.

체조 국가 대표 선수 중 가장 예쁘고 늘씬해서 선배들은 물론이고 선수촌에 들어온 사내들의 시선을 한 몸에 받고 있는 여자였다.

하지만 여자라고 불리기엔 뭐하다. 아직 고등학교 3학년밖에 되지 않았으니 그와 나이가 같다.

"아, 나를 압니까?"

궁금했다. 그녀의 질문 속에는 자신을 알고 있다는 의미가 담겨 있었다.

"그럼요. 노을 속의 남자. 제법 멋있잖아요. 이름이 최강철 맞죠?"

"그렇긴 한데……."

막상 여자가 다가와 말을 붙이자 혼란스러움이 다가왔다.

지금까지 2년이 넘도록 돌아와 살면서 가족들을 제외한 여자와 대화를 한 건 미팅 때 잠시를 제외하고는 이번이 처음이었다.

가까이서 보니 더 예쁘다. 더군다나 서 있는 몸의 굴곡이 너무 완벽해서 눈 둘 곳이 마땅치 않았다.

"잠시 앉아도 돼요?"

"그러세요."

최강철이 엉덩이를 밀어 자신의 옆쪽에 자리를 마련해 주자 이문영이 살며시 다가와 자리를 차지했다.

"저는 이문영이에요, 체조 선수. 아시죠?"

"예?"

내가 어떻게 알아. 식당에서 본 게 전부인데.

질문에 당황하는 눈치를 보이자 그녀가 배시시 웃으며 눈꼬리를 살며시 치켜떴다.

"알 텐데요. 식당에서 계속 봤잖아요."

"그건… 선배들이 하도 예쁘다고 성화를 부리는 바람에."

"강철 씨는 그렇게 생각하지 않았다는 뜻으로 들리네요?"

"아닙니다. 나도 그렇게 생각하고 있었어요. 어디 예쁜 여자가 흔한가요."

"솔직해서 좋네요."

최강철의 대답을 들은 이문영의 시선이 노을 쪽으로 향했다.

그런 후 손가락을 들어 하늘 한쪽에 차지하고 있는 구름을 가리켰다.

"저 구름은 꼭 양 떼 같아요. 맞죠?"

구름은 보는 사람이 어떤 생각을 가지고 있느냐에 따라 달라 보인다.

그녀의 눈에는 가리킨 구름이 양 떼를 닮았던 모양이다.

하지만 최강철은 고개를 끄덕여 그녀의 말에 동의해 주었다.

바짝 다가와 앉은 그녀에게서 좋은 냄새가 풍겨 나와 가슴이 두근거렸다.

정신은 그렇지 않았지만 몸은 더없이 싱싱했고 더없이 주책맞은 청춘이었다.

"복싱 선수라면서요?"

"예."

"엄청 유명하다던데 왜 나만 몰랐지. 세계 선수권대회에서 우승했다고 하던데 정말이에요?"

"운이 좋았습니다."

"호호… 아직 나이도 어린 사람이 겸손까지 하네. 고3이죠?"

"예."

"나도 고3이에요. 우리 친구 하는 거 어때요? 선수촌에 들어와서 혼자 지내다 보니 심심하거든요."

"거긴 비슷한 나이들이 많을 텐데?"

"걔들은 여자죠. 강철 씨는 여자 친구와 남자 친구가 똑같다고 생각해요?"

"아닌가요?"

"설렘이 없잖아요, 설렘이. 뭐 이런 사람이 다 있어? 몰라서 그러는 거야, 아니면 알고도 모른 체하는 거야."

입술을 삐죽이는 그녀의 얼굴이 더없이 귀여웠다.

안아주고 싶을 만큼.

하지만 최강철은 가만히 그녀의 얼굴을 들여다보며 웃기만 했다.

루시퍼, 이놈. 나에게 보너스로 여복도 준 걸까?

　　　　　　*　　　　　　　*　　　　　　　*

　국가 대표 코치진의 최대 고민은 실전 훈련이었다.

　근력 강화 운동과 체력 단련은 정해진 스케줄에 의해 지속적으로 해왔고 공방에 필요한 세세한 기술들도 상승시켰지만, 실전을 통한 경기 감각을 익히기 위해서는 스파링이 필요했다.

　그랬기에 코치들이 고안해 낸 것이 한 체급 위의 선수들과 스파링을 하는 것이었다.

　스파링은 시합이 아니기에 전력을 다하지는 않지만 경기 감각을 끌어 올리는 데 가장 효율적인 방법이었다.

　최강철이 상대한 사람은 주니어 웰터급의 김동길과 미들급의 정용범이었다.

　실전 훈련으로 들어가자 즐거워 미칠 지경이었다.

　비록 전력을 다하는 건 아니었으나 김동길과 정용범은 뛰어난 테크닉과 펀치력을 지녔기 때문에 자신이 익힌 기술들을 마음껏 펼쳐낼 수 있었다.

　3라운드의 스파링이 끝나고 나면 언제나 김동길과 정용범은 혀를 내둘렀다.

　최강철의 공격과 방어가 너무 뛰어나 스파링에 불과했는데도 녹초가 되어 내려왔기 때문이다.

전혀 의외의 상황이 발생한 것은 스파링 훈련을 시작한 지 10일이 지났을 때 발생했다.

밴터급의 문성길이 최강철과 스파링을 하고 싶다며 글러브를 꼈던 것이다.

"정문이가 감기가 들려서 훈련할 수 없단다. 강철아, 오늘 네가 한번 상대해 줘."

변명은 페더급의 박정문이 아파서 스파링을 할 수 없다는 것이었지만 속내는 자신의 주먹을 마음껏 던지고 싶었기 때문일 것이다.

문성길은 돌주먹이라 불릴 만큼 강한 주먹을 가지고 있어 바로 위 체급과 스파링을 하면 전력을 다하지 못했다.

"뭐, 겁나면 안 해도 돼. 내 주먹이 워낙 세서 말이야."

문성길의 도발에 최강철은 웃지 못했다.

밴터급과 웰터급은 무려 4체급이나 차이가 있었고 피지컬 면에서도 상대가 되지 않는다.

그럼에도 그가 최강철을 끌어들인 건 선배들한테는 함부로 말을 할 수 없었기 때문이다.

윤성호를 포함한 국가 대표 코치진이 문성길의 도발을 들으며 웃었다.

하지만 그 웃음에는 절대적인 호기심도 담겨 있는 것이었다.

문성길은 현재 밴텀급에서 승승 가도를 달리고 있는 풍운 아였고 월등한 펀치력과 테크닉으로 한국 복싱의 미래라 불리기 때문이다.

　문성길이 링 위에 올라 손짓하는 순간, 국가 대표 코치진은 물론이고 개별 훈련을 하던 선수들이 행동을 멈추고 몰려들었다.

　문성길과 최강철은 한 살 차이에 불과했다.

　대표 팀에서는 막내에 해당되기 때문에 지금까지 조용하게 훈련만 하던 놈들이었다.

　하지만 그들이 지닌 역량은 여기 있는 그 누구보다 무시무시했다.

　물론 체급은 달랐으나 아마추어 복싱에서 그들은 신화를 써 내려가고 있는 영웅들이었다.

　문성길의 KO율은 80%를 훌쩍 상회했기 때문에 밴텀급에서는 하드 펀처로 유명했고 한국형 탱크라 불리며 상대들을 초토화시켰다.

　그러나 최강철에 비하면 아무것도 아니다.

　최강철의 아마추어 전적은 지금까지 33전승에 32KO승을 기록하고 있었으니 그야말로 새로운 역사를 써 내려가는 장본인이었다.

　문성길이 링 위에 올라 기다리자 최강철이 윤성호를 바라보았다.

어쩌면 좋겠냐는 시선이었으나 윤성호는 여유 있게 웃으며 고개를 까딱여 링 위로 올라가라는 신호를 보냈다.

'뭐야, 이거.'

그의 신호를 받으며 최강철이 잠깐 얼굴을 찌푸렸다.

단순한 스파링이 아니라 도발이라면 이야기가 다르다. 자신의 성격상 체급이 다르다고 해서 봐준다거나 대충할 생각이 없다는 걸 사람들은 모르는 모양이다.

코치진이 주시하는 걸 보면서 최강철은 천천히 글러브를 끼었다.

그러고는 링 위에 올라가 문성길과 마주 섰다.

"형, 진짜 할 겁니까?"

"오래전부터 한번 붙어보고 싶었다. 세계 선수권대회에서 우승까지 한 너와 이런 기회가 아니면 언제 붙어보겠냐."

"다칠지도 모릅니다."

"이 자식아, 복싱 선수가 맞는 걸 두려워하는 거 봤어? 나는 걱정하지 말고 너나 걱정해. 비록 내가 체중은 적게 나가지만 맞으면 아플 거다."

"좋습니다. 해보죠."

글러브를 팡팡 두드리며 눈빛을 세우는 문성길을 향해 최강철이 입꼬리를 올렸다.

스파링도 시합이다.

비록 훈련이라고는 하지만 그 누군가가 흥미를 가지고 지켜보게 되는 순간 시합이 되는 것이다.

그리고 난 승부가 시작되면 절대 멈추지 않는다.

공이 울리는 순간 문성길이 접근하기 시작했다.

빠르다. 하긴 단순히 파워만 셌다면 주먹 하나로 천하를 호령했을까.

문성길의 스피드는 웰터급에서 찾아보기 어려울 정도로 빨랐는데 펀치의 스피드도 대단했다.

최강철은 신장과 리치에서 차이 나는 문성길의 공격을 받아내며 방어에 집중했다.

얼마나 강한 펀치를 가졌는지, 어떤 테크닉으로 상대를 무너뜨려 왔는지 보고 싶었다.

문성길은 타고난 인파이터였다.

이전 스파링에서도 그랬지만 상대의 펀치를 두려워하지 않고 탱크처럼 전진해서 상대를 박살 내는 스타일이었다.

지금도 마찬가지.

리치 차를 극복하기 위해선지 문성길은 최강철의 품으로 뛰어들어 와 마음껏 주먹을 날렸다.

폭발적인 콤비네이션.

문성길의 펀치는 주 무기인 혹과 별 차이가 없는 스트레이트의 연사부터 시작되었는데 과감하게 레프트 잽을 생략하는 방식이었다.

그럼에도 워낙 강력하고 빨랐기 때문에 같은 체급의 선수들이었다면 상대하기 어려웠을 것 같았다.

최강철은 파고드는 문성길의 공격을 받으며 위빙과 더킹, 스토핑과 패링까지 선보이며 펀치를 흘려냈다.

주먹이 근질거렸으나 참았다.

시시때때 나타나는 바늘 끝 같은 허점들이 눈에 들어왔으나 이번 라운드는 문성길의 공격을 받아주기만 할 생각이었다.

"야, 정말 좋다. 방어 기술이 죽여주는구만."

"형, 주먹이 워낙 세서 간신히 막았어요."

"한 라운드만 더 부탁해. 지금까지 한 것처럼 주먹 내지 말고 몇 대 더 맞아줘. 그리고 나서 네 펀치를 구경하자."

1라운드가 끝나자 문성길이 웃으며 말했기에 최강철은 실소를 흘려낼 수밖에 없었다.

스텝을 멈춘 상태에서 문성길의 공격을 고스란히 받아들였다.

그 때문에 최대한 방어 기술을 펼쳤지만 언어맞는 걸 피할 수는 없었다.

다른 사람은 몰라도 문성길의 펀치는 매서웠고 천부의 반사 신경이 있어도 피하지 못할 만큼 빨랐다.

하지만 그의 주문대로 한 라운드를 더 방어에 치중하면서 보냈다.

줄 때는 홀딱 벗고 주라는 말이 있었으니 그가 원하는 대로 해줄 생각이었다.

더군다나 훈련도 되었다.

가슴 속으로 바짝 파고들어 미친 듯이 콤비네이션을 터뜨리는 문성길의 펀치.

이는 지금까지 익혀온 방어 기술들을 무너뜨릴 정도로 강력했기 때문이다.

"아이고, 속이 다 시원하네. 실컷 팼더니 십 년 묵은 체증이 다 내려가는 것 같다. 여기에 와서 이렇게 신나게 펀치를 날린 건 처음이었거든. 강철아, 이제 네 꼴리는 대로 해봐."

"아플 겁니다."

"이 자식아, 그렇다고 죽이지는 마라."

체급이 다르다는 건 신체가 다르다는 걸 의미하고 펀치력과 리치 면에서 월등한 차이가 있다는 것을 의미한다.

더군다나 최강철은 지금까지 상대를 가리지 않고 부숴온 사람이었다.

쐐액!

3라운드에 들어서자마자 최강철의 레프트 잽이 화살처럼 날아가 접근하는 문성길의 안면에 꽂혔다.

급하게 가드로 흘려내기 위해 애를 썼으나 최강철의 레프트 잽은 그의 가드를 무력화시키며 단박에 균형을 무너뜨렸다.

스텝을 쓰기 시작했다.

문성길의 공격을 그대로 받아주기 위해 사용하지 않던 스텝이 본격적으로 펼쳐지기 시작하자 최강철의 몸이 빠르게 링을 누비기 시작했다.

밴텀급의 스피드를 무색할 정도로 빠른 스텝.

링을 돌면서 던지는 최강철의 레프트 잽은 공간을 가르고 지나 정확하게 문성길의 접근을 차단했는데, 펀치가 작렬할 때마다 대단한 맷집을 지녔다는 문성길의 몸이 휘청거릴 정도였다.

시작은 레프트 잽이었으나 곧 최강철의 펀치가 무차별적으로 쏟아져 나오며 완벽하게 가드를 올린 문성길의 전신을 두들기기 시작했다.

나름대로 온갖 방어 기술을 동원해서 펀치를 막기 위해 애를 썼으나 피지컬 면에서 상대가 안 되는 문성길의 몸은 최강철이 공격할 때마다 강가의 수초처럼 연신 흔들렸다.

그럼에도 그는 끊임없이 대시하며 펀치를 날려왔다.

역시 탱크라 불릴 만하다.

힘을 뺀 상태에서 날린 펀치였으나 자신도 모르게 스냅이 들어갔기 때문에 충격이 컸을 텐데, 문성길은 맞으면서도 접근전을 펼치기 위해 전진 스텝을 밟았다.

최강철이 윤성호를 슬쩍 바라본 것은 이 스파링이 더 이상 의미 없다는 것을 알려주기 위함이었다.

외곽으로 돌면서 아웃복싱을 통해 펀치를 쏟아내는 순간부터 최강철은 문성길의 공격을 한 번도 허용하지 않았다.

거리 싸움에서 상대가 되지 않기 때문이다.

더군다나 최강철의 스텝은 문성길이 따라잡을 수 없을 정도로 빨랐고, 어쩌다 근접된 펀치들도 전부 스토핑과 패링, 암 블로킹에 차단당했다.

최강철이 외곽으로 돌던 스텝을 멈추고 대시해 들어오는 문성길을 향해 폭풍 같은 콤비네이션을 터뜨렸다.

들소처럼 돌진해 오던 문성길의 몸이 강력한 인파이팅으로 전환한 최강철의 펀치 세례에 의해 뒤로 튕겨져 나갔다.

보여준다.

마크 브릴랜드를 무너뜨린 후 1년 동안 진화된 자신의 콤비네이션이 어떤 위력을 가졌는지 확실하게 보여줄 생각이다.

치기도 아니고 오기도 아니다.

단 하나, 그의 머릿속에 들어 있는 건 그 누구도 나를 넘보지 못하게 만들겠다는 투지였다.

"그만해, 이 자식아. 아파죽겠어."

코너에 몰려 정신없이 얻어맞던 문성길이 몸을 돌리면서 소리를 버럭 질렀다.

그는 온몸을 웅크린 채 방어만 하다가 더 이상 견디기 힘들었던지 링 줄에 기댄 채 숨을 헐떡거렸다.

"무식한 놈아, 너 내가 몇 대 때렸다고 이럴 수 있냐? 아무리 그래도 봐주면서 해야지. 너랑 나랑 체급이 다른데 이럴 수 있어!"

"복싱 선수는 맞는 게 두렵지 않다면서요."

"인마, 그건 그냥 해본 소리지. 나 하마터면 죽을 뻔했다고. 아이고, 머리야."

글러브를 벗으면서 문성길이 머리를 좌우로 흔들며 턱을 만졌다.

1, 2라운드 때 자신이 때린 것보다 훨씬 많은 펀치를 맞았기 때문에 정신이 하나도 없을 지경이었다.

본능적으로 안다.

최강철은 펀치에 힘을 주지 않은 상태에서 게임을 했는데 그것만으로도 자신은 여러 번 그로기에 몰려 허우적댔다.

맷집 하나만큼은 자신 있다고 생각해 왔지만 최강철의 면도날 같은 펀치를 맞고 견딘다는 건 불가능하다는 생각이 들었다.

역시 무서운 놈이다.

화려한 전적과 한국인으로서 처음으로 세계 선수권대회에 우승했다는 것 때문에 한번 붙어보고 싶다는 생각을 가졌다가 개망신을 당하고 말았다.

체급이 차이 났기 때문만은 아니었다. 같은 체급이었다 해도 최강철과 붙는다면 이길 수 없을 것 같다는 절망감이 들 정도였다.

하지만 진짜 놀란 사람들은 링 사이드에서 두 사람의 스파링을 지켜본 코치진과 선수들이었다.

김동길과 정용범을 상대로 스파링하는 걸 보면서도 혀를 내둘렀다.

최강철이 작정한 듯 문성길을 향해 콤비네이션을 쏟아내자 소름이 다 돋았다.

펀치에 힘을 빼고 친다는 것이 눈에 보였으나 그것만으로도 강한 맷집을 자랑하던 문성길이 수시로 그로기에 몰렸다.

그때마다 최강철이 펀치를 회수하지 않았다면 문성길을 벌써 캔버스에 누워서 사경을 헤맸을 것이다.

"성길이가 임자 만났네. 죽다 살아났어."

"그러게 왜 건드려. 저 자식은 잠자는 사자가 아니라니까. 그래도 그렇지, 선배를 저렇게 쥐 잡듯 잡냐. 아휴, 살 떨려."

김동길이 먼저 말하자 보고 있던 허영모가 양손으로 어깨를 감싸며 마구 쓰다듬었다.

그는 마치 자신이 얻어터진 것처럼 너스레를 떨었지만 말과는 다르게 문성길을 동정하는 눈치가 아니었다.

아니, 오히려 시원하다는 표정이었다. 그와 문성길은 한 체급 차이였기 때문에 언제든지 붙어야 할 위치에 있었다.

＊　　　　＊　　　　＊

이문영은 매일같이 최강철이 앉아 있는 언덕으로 나왔다.

가끔가다 오던 윤성호의 발걸음이 끊긴 것은 오로지 그녀 때문이었다.

그는 한시도 최강철이 없으면 불안했기 때문에 자주 언덕에 와서 시간을 같이 보냈는데 그녀가 나타난 이후로는 얼씬도 하지 않았다.

이제 이문영은 최강철의 옆자리에 앉는 게 전혀 어색하지 않은 모양이었다.

"오늘, 문성길 선수하고 스파링했다면서?"

"그건 또 어떻게 알아?"

"이게 뭔 줄 아니? 바로 부처님 손바닥이야."

최강철이 의문을 가지고 쳐다보자 이문영이 자신의 손바닥을 펴서 눈앞으로 내밀며 웃었다.

이문영은 훈련하는 것보다 자신이 뭐 하고 있는지가 더 궁금한 모양이다.

분명 저녁 식사 하면서 선수들이 떠들었던 이야기를 들은 거겠지.

"그 손바닥 크기도 하네. 한번 만져봐도 돼?"

"어머, 이거 왜 이러세요. 숙녀 손을 함부로 만진다는 게 말이 된다고 생각하세요?"

"아니면 말고."

깜짝 놀라며 호들갑을 떠는 이문영의 모습을 보면서 최강철이 피식 웃었다.

왜 그랬을까.

앞으로 내밀어진 그녀의 조그맣고 부드러운 손을 보게 되자 자신도 모르게 만지고 싶다는 생각이 든 건 무슨 조화인지 모르겠다.

이문영은 최강철의 웃음을 보면서 마주 웃더니 슬쩍 고개를 돌렸다.

그런 후 어색한 분위기를 전환이라도 하려는 듯 다른 이야기를 꺼냈다.

"너, 저녁에 공부한다면서?"

"응."

"정말 전교 수석 한다는 거 맞아?"

"누가 그러디?"

"그 소문 듣고 물어봤더니 윤 코치님이 줄줄 이야기해 주더라. 정말 특이한 놈이라면서."

"하여간 그 양반, 입이 싸도 보통 싸야지. 특이한 놈은 아냐. 그냥 열심히 하다 보니까 그렇게 된 거지."

"특이한 거 맞아. 복싱하면서 전교 수석을 한다는 게 특이하지 않으면 뭐가 특이해."

"그런가?"

"너 정도면 공부 안 해도 대학교에 갈 수 있잖아. 그렇게 공부를 열심히 하는 이유가 있어?"

"좋은 대학교 가고 싶어서. 공부 잘해서 좋은 대학교 가면 좋잖아."

"쳇, 말도 안 돼."

"너는 어떻게 할 건데?"

"난 이미 갈 학교 정해져 있어. 체육 특기생으로 갈 거야. 내가 이쪽 세계에서는 좀 하거든."

"어디?"

"안 가르쳐 줘. 비밀이야."

"별게 다 비밀이다."

또다시 웃었다. 그녀와 함께 있으면 자꾸 웃음이 나온다.

국가 대표란 타이틀이 있으니 분명 서울의 명문 대학교에 콘택트가 되었을 것이다.

"강철아, 내일 그거 한대."

"뭐?"

"불암산. 아휴, 미치겠어. 왜 그런 걸 하는지 몰라."

"좋잖아. 체력 단련도 되고."

"여자한테 그게 얼마나 힘든 일인데. 난 힘들어 죽을 거야. 불암산이 얼마나 높은데 거기까지 뛰어갔다 오냐고!"

이문영이 말과 똑같은 표정을 만들었다.

정말 하기 싫은 모양이었다.

불암산 달리기.

이는 태릉선수촌에 입촌한 선수들을 상대로 남녀를 가리지 않고 시행하는 행사였다.

태릉선수촌이 생긴 이래 전통처럼 해오는 행사였기 때문에 열외는 한 명도 두지 않았다.

경쟁.

맞다, 경쟁을 통한 투지를 키우기 위함이다.

각 종목의 선수들은 이 행사가 있을 때마다 전력을 다했는데 1위로 도착하는 것을 명예라고 생각했다.

　"강철아, 내일 가다가 내가 쓰러지면 좀 업어줘. 그래줄 수 있지?"

『기적의 환생』 3권에 계속…

초대형 24시 만화방

신간 100%, 샤워실, 흡연실, 수면실(침대석), 커플석, 세탁기 완비

■ 광명 광명사거리역점 ■

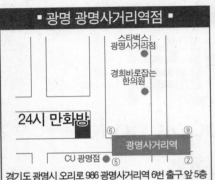

경기도 광명시 오리로 986 광명사거리역 6번 출구 앞 5층
02) 2625-9940 (솔목타워 5층)

■ 강북 노원역점 ■

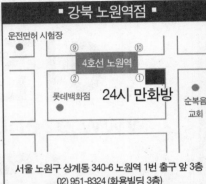

서울 노원구 상계동 340-6 노원역 1번 출구 앞 3층
02) 951-8324 (화용빌딩 3층)

■ 일산 정발산역점 ■

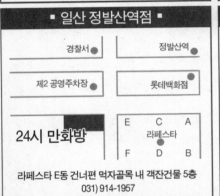

라페스타 E동 건너편 먹자골목 내 객잔건물 5층
031) 914-1957

■ 일산 화정역점 ■

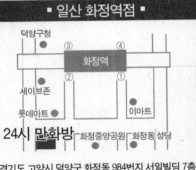

경기도 고양시 덕양구 화정동 984번지 서일빌딩 7층
031) 979-4874 (서일사우나 건물 7층)

■ 부천 역곡역점 ■

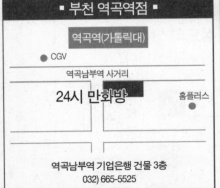

역곡남부역 기업은행 건물 3층
032) 665-5525

■ 부평역점 ■

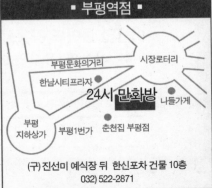

(구) 진선미 예식장 뒤 한신포차 건물 10층
032) 522-2871

이경영 판타지 장편소설

FANTASY FRONTIER SPIRIT

그라니트

용들의 땅

GRANITE

사고로 위장된 사건에 의해 동료를 모두 잃고 서로를 만나게 된 '치프'와 '데스디아'.
사건의 이면에 장식을 벗어난 음모가 있음을 알게 된 둘은
동료들의 죽음을 가슴에 새긴 채 각자의 고향으로 돌아간다.
2년 후, 뜻하지 않게 다시 만난 두 사람은 동료들의 복수를 위해
개척용역회사 '그라니트 용역'을 설립해 다시금 그 땅을 찾게 되는데……

용들이 지배하는 땅 그라니트!
그곳에서 펼쳐지는 고대로부터 이어지는 운명적 만남,
깊어지는 오해, 그리고 채워지는 상처.

『가즈 나이트』시리즈 이경영 작가의 미래형 판타지 신작!

Book Publishing CHUNGEORAM

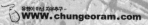

유행이 아닌 자유추구 -
WWW.chungeoram.com

FUSION FANTASTIC STORY

박선우 장편소설

스크린의 별

비호감을 불러일으킬 정도로 못생긴 외모를 가진 강우진.

우연히 유전자 성형 임상 실험자 모집 전단지를
발견한 그는 마지막 희망을 걸고
DNA를 조작하는 주사를 맞게 되는데…….

과거의 못생겼던 강우진은 잊어라!

세상에서 가장 아름다운 사나이.
그가 만들어가는 영화 같은 세상이 펼쳐진다!

Book Publishing CHUNGEORAM

유행이 아닌 자유추구 -
WWW.chungeoram.com